U0127120

清·馮煦修 魏家驊等纂 張德霈續纂

鳳陽府志

十六册

黄山書社

光緒鳳陽府志卷十七

宦績傳

郡縣用兵多而吏治衰自漢以降二千載天下有變鳳陽為必爭之地民生苦鋒鏑久矣其土壤平衍田疇不治男女老弱輕去鄉里游惰少年饑荒困踣梟桀朋引積為人患臨民之吏與時消息遂乃風行霜烈以威辟為用其甚者深文橫入專事擊斷末暴雖勝而崇本或替於戲不有良吏民誰與去愁歎就妥安哉詩曰豈弟君子民之父母又曰翩彼飛鴞集於泮林食我桑黮懷我好音是良吏之效也今條次名迹章章者著於篇鎮將功在扞衛與兵事相表裏故附載焉述宦績傳

漢

王嘉字公仲平陵人鴻嘉中舉敦樸能直言召見宣室對政事得失超遷太中大夫出為九江河南太守治甚有聲（漢書本傳）

馬宮字游卿東海戚人為丞相史司直師丹薦宮行能高絜遷廷尉平青州刺史汝南九江太守所在見稱（漢書本傳）

召信臣字翁卿九江壽春人以明經甲科為郎出補穀陽長舉高第遷上蔡長其治視民如子所居見稱述（漢書循吏傳）

宋均字叔庠南陽安衆人建武中遷九江太守郡多虎暴數為民患常募設檻穽而猶多傷害均到下記屬縣曰虎豹在山黿

龍在水各有所託且江淮之有猛獸猶北土之有雞豚也今為民患咎在殘吏而勞勤張捕非憂恤之本也其務退姦貪思進忠善可一去檻穽除削課制其後傳言虎相與東游渡江中元元年山陽楚沛多蝗其飛至九江界者輒東西散去由是名稱遠近後漢書本傳

杜詩字君公河內汲人拜成皐令再遷為沛郡都尉轉汝南都尉所在稱治後漢書本傳

梁統字仲寧安定烏氏人世祖時為九江太守在郡有治迹吏人畏愛之後漢書本傳

玄賀為九江沛二郡守以清潔稱所在化行終于大司農後漢書第五倫傳

滕撫字叔輔北海劇人建康元年九江范容周生等相聚反亂屯聚歷陽為江淮巨患遣御史中丞馮緄將兵督揚州刺史尹燿九江太守鄧顯討之燿顯軍敗為賊所殺又陰陵人徐鳳馬勉等復寇郡縣殺略吏人朝廷博求將帥三公舉撫有文武才拜為九江都尉與中郎將趙序助馮緄合州郡兵數萬人進擊大破之斬馬勉范容周生等千五百級徐鳳遂將餘衆攻燒東城縣又歷陽賊華孟自稱黑帝攻九江殺郡守撫乘勝擊破之斬孟等東南悉平後漢書本傳

欒巴字叔元魏郡內黃人由豫章太守遷沛相所在有績後漢書本

楊匡陳留人補蘄長政有異績後漢書杜喬傳

陽球字方正漁陽泉州人辟司徒劉寵府舉高第九江山賊起連月不解三府上球有理姦才拜九江太守球到設方略凶賊殄破收郡中姦吏盡殺之遷平原相後漢書本傳

楊統沛相天吏之治副當神人秩禮之選舉不踰賢故望大和則俟生毓睎巖籍則畏辜戮欣悅竦慄寬猛必哀沛相楊統碑

張壽字仲吾遷竹邑侯相下車崇尚儉節躬自菲薄儲偫非法悉無所留敎民樹藝三農九穀稼穡滋殖國無災祥歲聿豐穰皤白之老幸其子弟以修仁義蚌賊不起厲疾不行視事年載

黔首樂化戶口增多國甯民殷功刋王府竹邑侯相張壽碑

袁忠汝南汝陽人初平中爲沛相沛王琮相乘葦車到官以清亮稱後漢書袁安傳

舒仲應建安中爲沛相袁術以米十萬斛與爲軍糧仲應悉散以給飢民術聞怒陳兵將斬之仲應曰知當必死故爲之耳寧可以一人之命救百姓於塗炭後漢書袁安傳

時苗字德冑鉅鹿人也少清白爲人疾惡建安中入丞相府出爲壽春令令行風靡揚州治在其縣時蔣濟爲治中苗以初至往謁濟濟素嗜酒適會其醉不能見苗苗恚恨還刻木爲人署曰酒徒蔣濟置之牆下旦夕射之州郡雖知其所爲不恪然以

其履行過人無若之何又其始之官乘薄軬車黃牸牛布被囊居官歲餘牛生一犢及其去留其犢謂主簿曰令來時本無此犢犢是淮南所生有也羣吏曰六畜不識父自當隨母苗不聽時人皆以爲激然由此名聞天下（魏志常林傳裴注）

鄭渾河南開封人太祖聞其篤行召爲掾復遷下蔡長邵陵令天下未定民皆剽輕不念産殖其生子無以相活率皆不舉渾所在奪其漁獵之具課使耕桑又兼開稻田重去子之法民初畏罪後稍豐給無不舉贍所育男女多以鄭爲字（三國志本傳）

袁渙字曜卿陳郡扶樂人漢末爲沛南部都尉是時新募民開屯田民不樂多逃亡渙白太祖曰夫民安土重遷不可卒變易以順行難以逆動宜順其意樂之者乃取不欲者勿彊太祖從之百姓大悅（三國志本傳）

三國魏

王淩字彦雲太原祁人正始初爲征東將軍假節都督揚州諸軍事二年吳大將全琮數萬衆寇芍陂淩率諸軍逆討與賊爭塘力戰連日賊退走（三國志魏書本傳）

孫禮字德達涿郡容城人爲揚州刺史吳大將全琮帥數萬衆來侵寇時州兵休使在者無幾禮躬勒衛兵禦之戰於芍陂自旦及暮將士死傷過半禮犯蹈白刃馬被數創手秉枹鼓奮不顧身賊衆乃退詔書慰勞賜絹七百匹（三國志魏書本傳）

王基字伯輿東萊曲城人爲安豐太守郡接吳寇爲政清嚴有威惠明設防備敵不敢犯諸葛誕反以基行鎮東將軍都督揚豫諸軍事淮南定轉爲征東將軍都督揚州諸軍事三國志魏書本傳

晉

石苞字仲容渤海南皮人仕魏拜鎮東將軍封東光侯假節代王基都督揚州諸軍事武帝踐祚遷大司馬進封樂陵郡公加侍中自諸葛誕破滅苞便鎮撫淮南士馬强盛邊境多務苞既勤庶事又以威惠服物淮北監軍王琛輕苞素微密表苞與吳人交通苞亦聞吳師將入乃築壘遏水以自固帝遂下詔策免其官遣太尉義陽王望率大軍徵之苞放兵步出住都亭待罪

帝聞之意解及苞詣闕以公還第晉書本傳

陳騫臨淮東陽人諸葛誕之亂以尚書行安東將軍壽春平拜使持節都督淮北諸軍事武帝受禪進車騎將軍遷侍中大將軍出爲都督揚州諸軍假黃鉞騫少有度量含垢匿瑕所在有績累處方任爲士庶所懷晉書本傳

王渾字元沖太原晉陽人武帝受禪加揚烈將軍遷安東將軍都督揚州諸軍事鎮壽春吳人大佃皖城圖爲邊害渾遣揚州刺史應綽督淮南諸軍攻破之并破諸別屯以平吳功進爵爲公轉征東大將軍復鎮壽陽渾不尚刑名處斷明允時吳人新附頗懷畏懼渾撫循羇旅虛懷綏納座無空席門不停賓於是

江東之士莫不悅附晉書本傳

胡威字伯武一名貔淮南壽春人歷安豐太守遷徐州刺史勃於政術風化大行晉書良吏傳

周馥字祖宣汝南安城人周浚從父弟以司隸校尉出爲平東將軍都督揚州諸軍事代劉準爲鎮東將軍與周玘等討陳敏滅之以功封永寧伯馥自經世故每欲維正朝廷忠情懇至視羣賊孔熾洛陽孤危乃建策迎天子遷都壽春東海王越與苟晞不協馥不先白越而直上書越大怒先是越召馥及淮南太守裴碩馥不肯行而令碩率兵先進碩貳於馥乃舉兵稱馥擅命已奉越密旨圖馥遂襲之爲馥所敗碩退保東城求救於元帝帝遣揚威將軍甘卓建威將軍郭逸攻馥於壽春安豐太守孫惠帥衆應之旬日而馥衆潰奔於項爲新蔡王確所拘憂憤發病卒晉書周浚傳

謝尚字仁祖陳國陽夏人永和中拜尚書僕射出爲都督江西淮南諸軍事前將軍豫州刺史鎮歷陽加都督豫州揚州之五郡軍事尋進號鎮西將軍鎮壽陽尚於是采拾樂人并制石磬以備大樂江表有鐘石樂自尚始也晉書本傳十一年鎮馬頭晉書穆帝紀尚有德政既卒爲西藩所思晉書謝安傳

桓伊字叔夏譙國銍人有武幹時苻堅強盛邊鄙多虞朝議選能距捍疆埸者乃授伊淮南太守以綏御有方進督豫州之十

二郡揚州之江西五郡軍事建威將軍歷陽太守淮南如故與謝元共破賊別將王鑒張蚝等進都督豫州諸軍事西中郎將豫州刺史及苻堅南寇伊與冠軍將軍謝元輔國將軍謝琰俱破堅於肥水（晉書桓伊傳）

劉頌字子雅廣陵人武帝時除淮南相在官嚴整甚有政績舊修芍陂歲用數萬人豪強兼并孤貧失業頌使大小戮力計功受分百姓歌其平惠元康初從淮南王允入朝（晉書本傳）

宋

劉粹字道沖沛郡蕭人永初三年以征虜將軍督豫司雍并四州南豫州之梁郡弋陽馬頭三郡諸軍事豫州刺史領梁郡太守鎮壽陽治有政績（宋書本傳）

劉義欣長沙景王道憐子元嘉七年以後將軍爲使持節監豫司雍并四州諸軍豫州刺史給鼓吹一部鎮壽陽于時土境荒毀人民彫散城郭頹敗盜賊公行義欣綱維補緝隨宜經理劫盜所經立討誅之制境內畏服道不拾遺城府庫藏並皆完實遂爲盛藩彊鎮時淮西江北長吏悉叙勞人武夫多無政術義欣陳之曰江淮左右土瘠民疏頃年以來薦饑相襲百城彫弊於今爲甚綏牧之宜必俟良吏願救選部必使任得其人庶得不勞而治芍陂良田萬餘頃堤堨久壞秋夏常苦旱義欣遣諮議參軍殷肅循行修理有舊溝引淠水入陂不治積久樹木榛

塞肅伐木開榛水得通注旱患由是得除十年進號鎮軍將軍進監爲都督十六年薨宋書長沙景王道憐傳

段佛榮京兆人泰始五年自游擊將軍爲輔師將軍豫州刺史莅任清謹爲西土所安宋書鄧琬傳

劉勔字伯猷彭城人豫州刺史殷琰反太宗假勔輔國將軍率眾討琰勔內攻外禦戰無不捷善撫將帥以寬厚爲眾所依及琰開門請降勔約令三軍不得妄動城內士民秋毫無所失百姓感悅咸曰來蘇生爲立碑泰始三年除勔右衛將軍仍以爲使持節都督豫司二州諸軍事征虜將軍豫州刺史宋書本傳

南齊

垣崇祖字敬遠下邳人太祖踐阼謂崇祖曰賊之所衝必在壽春能制此寇非卿不可以冠軍將軍爲使持節監豫司二州諸軍事豫州刺史二年虜寇壽春崇祖於城西北立堰塞肥水堰北起小城周爲深塹使數千人守之虜攻小城崇祖決小史埭水勢奔下攻城之眾漂隊塹中皆退走進爲都督號平西將軍徙下蔡戍於淮東虜掘下蔡城崇祖率眾渡淮與戰大破之上遣使參虜消息還勅崇祖努力營田自然平殄殘醜又敕修治芍陂田南齊書本傳錢大昕二十二史攷異芍當作芍

戴僧靜會稽永興人世祖踐阼出爲持節督徐州諸軍事冠軍將軍北徐州刺史買牛給貧民令耕種甚得荒情南齊書本傳

沈文季字伯達吳興武康人建武二年虜寇壽春豫州刺史豐城公遙昌嬰城固守數遣輕兵相抄擊明帝以爲憂詔文季領兵鎮壽春文季入城止游兵一聽出入洞開城門嚴加備守虜軍尋退百姓無所傷損南齊書本傳

梁

昌義之歷陽烏江人天監二年由盱眙太守遷假節督北徐州諸軍事輔國將軍北徐州刺史鎮鍾離五年魏中山王元英率安樂王元道明平東將軍楊大眼等衆數十萬來寇鍾離鍾離城北阻淮水魏人於邵陽州西岸作浮橋跨淮通道英據東岸大眼據西岸以攻城時城中衆纔三千人義之督帥隨方抗禦

前後殺傷者萬計魏軍死者與城平六年高祖遣曹景宗韋叡帥衆二十萬救焉既至與魏戰大破之英大眼等各脫身走義之率輕兵追至洛口而還以功進號軍師將軍義之性寬厚爲將能撫御得人死力及居藩任吏民安之梁書本傳

夏侯亶字世龍譙郡人普通六年大舉北伐先遣豫州刺史裴邃帥譙州刺史湛僧智等自南道伐壽陽城未克而邃卒乃加亶使持節馳驛代邃七年夏淮堰水盛壽陽城將沒亶進攻黎漿貞威將軍韋放自北道會焉兩軍既合所向皆降凡城五十二詔以壽陽依前代置豫州合肥鎮改爲南豫州以亶爲使持節都督豫州緣淮南豫霍義定五州諸軍事雲麾將軍豫南豫

二州刺史壽春久離兵荒百姓多流散亶輕刑薄賦務農省役頃之民戶充復大通二年進號平北將軍卒於州鎮州民夏侯簡等五百人表請爲亶立碑置祠詔許之（梁書本傳）

夏侯夔字季龍亶弟也中大通六年由南豫州刺史轉使持節督豫淮陳潁建霍義七州諸軍事豫州刺史豫州積歲寇戎人頗失業夔乃帥軍人於蒼陵立堰溉田千餘頃歲收穀百餘萬石以充儲備兼贍貧人境內安之夔兄亶先經此任至是夔又居焉兄弟並有恩惠於鄉里百姓歌之曰我之有州頻仍夏氏前兄後弟布政優優在州七年甚有聲績遠近多附之有部曲萬人馬二千匹並服習精強爲當時之盛愛好人士不以貴勢

自高文武賓客常滿坐時亦以此稱之大同四年卒於州（梁書夏侯亶傳）

蕭暎字文明始興忠武王憺子爲北徐州刺史在任弘恕人吏懷之常載粟帛遊於境內有遇貧者卽以振焉勝境名山多所尋履（南史始興忠武王憺傳）

陳

吳明徹字通昭秦郡人太建五年詔加侍中都督征討諸軍事以克仁州授征北大將軍次平硤石岸二城進逼壽陽一鼓而克詔曰壽春者古之都會襟帶淮汝控引河洛得之者安是稱要害侍中使持節都督征討諸軍事征北大將軍明徹雄圖克

畢宏略蓋世貔虎爭馳金湯奪險威陵殊俗惠漸邊氓惟功與能元戎是屬崇麾廣賦茂典恒宜可都督豫合建光朔北徐六州諸軍事車騎大將軍豫州刺史遣謁者蕭湻風就壽陽冊明徹於城南設壇士卒二十餘萬陳旗鼓戈甲明徹登壇拜受成禮而退將卒莫不踴躍陳書本傳

裴忌字無畏河東聞喜人太建五年爲都官尚書吳明徹督衆軍北伐詔忌以本官監明徹軍淮南平授軍師將軍豫州刺史忌善於綏撫甚得民和陳書本傳

魏

彭城王元勰字彥和景明初齊豫州刺史裴叔業以壽春內屬

詔勰都督南征諸軍事與尚書令王肅迎接壽春又詔勰以本官領揚州刺史勰簡刑導禮與民休息州境無虞遐邇安靜位大司馬領司徒徵勰還朝淮南士庶追其餘惠至今思之魏書本傳

王肅字恭懿琅邪臨沂人太和十七年自建業來奔裴叔業以壽春內附肅拜使持節都督江西諸軍事車騎將軍與彭城王勰率步騎十萬赴之㝷以肅爲散騎常侍都督淮南諸軍事揚州刺史肅頻在邊悉心撫接遠近歸懷附者如市以誠綏納咸得其心清身好施簡絕聲色終始廉約家無餘財景明二年薨於壽春魏書本傳

任城王元澄字道鎮世宗時除都督淮南諸軍事鎮南大將軍開府揚州刺史下車封孫叔敖之墓毁蔣子文之廟頻表南伐詔發冀定瀛相并濟六州二萬人馬一千五百匹令仲秋之月畢會淮南並壽陽先兵三萬委澄經略澄出討之後衍將姜慶眞襲據壽春外郭澄遂攻鍾離既而遇雨淮水暴長引歸壽春還既狼狽失兵四千餘人頻表解州世宗不許尚書令廣陽王嘉等奏宜還之詔乃聽還後蕭衍於浮山斷淮爲堰以灌壽春乃除使持節大將軍都督南討諸軍事勒衆十萬將出彭宋尋淮堰自壞不行魏書任城王雲傳

李崇字繼長頓邱人世宗時以中護軍出除散騎常侍征南將軍揚州刺史延昌初加侍中車騎將軍都督江西諸軍事刺史如故先是壽春縣人苟泰有子三歲遇賊亡失數年不知所在後見在同縣人趙奉伯家泰以狀告各言己子並有隣證郡縣不能斷崇曰此易知耳令二父與兒各在別處禁經數旬然後遣人告之曰君兒遇患向已暴死有敎解禁可出奔哀也苟泰聞即號咷悲不自勝奉伯咨嗟而已殊無痛意崇察知之乃以兒還泰詰奉伯詐狀奉伯乃款引云先亡一子故妄認之又定州流人解慶賓兄弟坐事俱徙揚州弟思安背役亡歸慶賓懼後役追責規絕名貫乃認城外死尸詐稱其弟爲人所殺迎歸殯葬頗類思安見者莫辨又有女巫陽氏自云見鬼說思安被

害之苦飢渴之意慶賓又誣疑同軍兵蘇顯甫李蓋等所殺經州訟之二人不勝楚毒各自款引獄將決竟崇疑而停之密遣二人非州內所識者僞從外來詣慶賓告曰僕住在北州去此三百比有一人見過寄宿夜中共語疑其有異便即詰問迹其由緒乃云是流兵背役逃走姓解字思安時欲送官苦見求及稱有兄慶賓今住揚州相國城內嫂姓徐君脫矜愍爲往報告見申委曲家兄聞此必重相報所有資財當不愛惜今但見質若往不[illegible]送官何晚是故相造指申此意君欲見雇幾何當放賢弟若其不信可見隨看之慶賓悵然失色求其少停當備財物此人具以報崇攝慶賓問曰爾弟逃亡何故妄認他尸慶賓

伏引更問蓋等乃云自誣數日之間思安亦爲人縛送崇召女巫視之鞭笞一百崇斷獄精審皆此類也時有泉水湧於八公山頂壽春城中有魚無數從地湧出野鴨羣飛入城與鵲爭巢五月大霖雨十有三日大水入城屋宇皆沒崇與兵泊於城上水增未已乃乘船附於女牆城不没者二板而已州府勸崇棄壽春保北山崇曰吾受國重恩忝守藩岳德薄招災致此大水淮南萬里繫於吾身一旦動腳百姓瓦解揚州之地恐非國物昔王尊慷慨義感黃河吾豈愛一軀取愧千載但憐茲士庶無辜同死可桴筏隨高人規自脫吾必死守此城幸諸君勿言時州人裴絢等受蕭衍假豫州刺史因乘大水謀欲爲亂崇皆擊

滅之崇以洪水爲災請罪解任詔曰卿居藩累年威懷兼暢資儲豐溢足制勍寇然夏雨汎濫斯非人力何得以此辭解今水涸路通公私復業便可繕甲積糧修復城雉勞恤士庶務盡綏懷之畧也崇又表請解州詔報不聽是時非崇則淮南不守矣崇沈深有將畧寬厚善御衆在州凡經十年常養壯士數千人寇賊侵邊所向摧破號曰臥虎賊甚憚之蕭衍惡其久在淮南屢設反間無所不至世宗雅相委重衍無以措其姦謀每歎息服世宗之能任崇也肅宗踐阼褒賜衣馬以平硤石功進號驃騎將軍儀同三司刺史都督如故衍淮堰未破水勢日增崇乃於硤石戍間編舟爲橋北更立船樓十各高三丈十步置一籬至兩岸蕃板裝治四廂解合賊至舉用不戰解下又於樓船之北連覆大船東西竟水防賊火栰又於八公山之東南更起一城以備大水州人號曰魏昌城崇累表解州前後十餘上肅宗乃以元志代之魏書本傳

辛琛字僧貴隴西狄道人景明中以奉車都尉出爲揚州征南府長史刺史李崇多事產業琛每諍折崇不從遂相糾舉詔並不問後加龍驤將軍帶南梁太守崇因置酒謂琛曰長史後必爲刺史但不知得上佐何如人耳琛對曰若萬一叨忝得一方正長史朝夕聞過是所願也崇有慚色琛寛雅有度量當官奉法所在有稱魏書辛雄傳

元志肅宗時除揚州刺史在州威名雖減李崇亦爲荆楚所憚魏書河間公齊傳

潘永基字紹業長樂廣宗人由冀州鎮東府法曹行參軍遷威烈將軍揚州曲陽戍主轉西硤石戍主治陳留南梁二郡事頗有威惠轉揚州車騎府主簿魏書本傳

北齊

王琳字子珩會稽山陰人孝昭賜琳璽書令鎮壽陽其部下將帥悉聽以行乃除琳驃騎大將軍開府儀同三司揚州刺史封會稽公又增兵仗兼給鐃吹琳水陸戒嚴將觀釁而動屬陳氏結好於齊使琳更聽後圖北齊書本傳經蒞壽陽頗存遺愛朱瑒致陳尚書僕射徐陵書

盧潛范陽涿人天保中肅宗作相以潛爲揚州道行臺左丞先是梁將王琳爲陳兵所敗擁其主蕭莊歸壽陽朝廷以琳爲揚州刺史敕潛與琳爲南討經略琳部曲義多在揚州與陳寇鄰接潛輯諧內外甚得邊俗之和陳秦譙二州刺史王奉國合州刺史周令珍前後入寇潛輒破平之以功加散騎常侍食彭城郡幹遷合州刺史左丞如故又除行臺尚書儀同三司王琳銳意圖南潛以爲時事未可屬陳遣移書至壽陽請與國家和好潛爲奏聞仍上啟且願息兵依所請由是與琳有隙更相表列世祖追琳入京除潛揚州刺史領行臺尚書潛在淮南十三

年任總軍民大樹風績甚爲陳人所憚陳主與其邊將書云慮潛猶在壽陽聞其何當還北此虜不死方爲國患卿宜深備之顯祖初平淮南給十年優復年滿之後逮天統武平中徵稅煩雜又高元海執政斷漁獵人家無以自資諸商胡負官責息者宦者陳德信縱其妄注淮南富家令州縣徵責又敕送突厥馬數千匹於揚州管內令土豪貴買之錢直始入便出敕括江淮間馬並送官廄由是百姓騷擾切齒嗟怨潛隨事撫慰兼行權略故得寧靖武平三年徵爲五兵尚書揚州吏民以潛戒斷酒肉篤信釋氏大設僧會以香華緣道流涕送之潛歎曰正恐不久復來耳至鄴未幾陳將吳明徹度江侵掠復以潛爲揚州道

行臺尚書五年與王琳等同陷尋死建業北齊書本傳

周

王長述京兆霸城人周受禪後歷襄仁二州總管並有能名隋書本傳

游元字楚客廣平任城人武帝平齊之後歷壽春合譙州司馬俱有能名隋書本傳

隋

元孝矩河南洛陽人開皇初拜壽州總管賜孝矩璽書曰揚越氛祲侵軼邊鄙爭桑興役不識大猷以公志存遠略今故鎮邊服懷柔以禮稱朕意焉隋書本傳

趙軌河南雒陽人壽州總管長史芍陂舊有五門堰蕪穢不修軌於是勸課人吏更開三十六門灌田五千餘頃人賴其利隋書循吏傳

慕容三藏燕人也大業三年由和州刺史轉任淮南郡太守所至有惠政隋書本傳

盧昌衡字子均范陽人壽州總管長史總管宇文述甚敬之委以州務隋書盧思道傳

唐

盧祖尚爲蔣州刺史轉壽州都督所在之職皆稱政理册府元龜

高智周常州晉陵人舉進士高宗總章中授壽州刺史政存寬

惠百姓安之每行部必先召學官見諸生試其講誦訪以經義及時政得失然後問及墾田獄訟之事舊唐書良吏傳

員半千字榮期齊州全節人始名餘慶武后時爲弘文館學士三思用事以賢見忌出爲豪蘄二州刺史半千不顓任吏常以文雅粉澤故所至禮化大行唐書本傳

李瀾永泰初爲蘄令梁宋兵興瀾諭降劇賊數千人刺史曹升襲敗之賊疑瀾賣己執瀾及其弟渤兄弟爭相代死瀾女亦求代父皆遇害安徽通志引一統志

綦毋頊爲苻離令開元六年詔工部尚書劉知柔察民疾苦及吏善惡知柔表頊有治行宿州志

郭敬之華州鄭縣人歷綏渭桂壽泗五州刺史舊唐書郭子儀傳以仲由之政事兼翁歸之文武所居則化所去見思人到于今稱之斯不朽矣顏眞卿使持節壽州諸軍事壽州刺史郭公廟碑銘

張公度壽州刺史有去思頌大歷十年起居舍人趙運文王縉書王象之輿地碑記目

羅珦其先會稽人刺廬壽二州壽人與蔡人接壤有州師萬數天子命中貴人監理視方任爲訓武備飭文事嚴重廉清理行第一權德輿羅公墓志銘

張鎰蘇州人大歷五年除濠州刺史爲政清淨州事大理乃招經術之士講訓生徒比去郡升明經者四十餘人李靈曜反於

汴州鎰訓練鄉兵嚴守禦之備詔書褒異加侍御使沿淮鎮守使舊唐書本傳有司條天下牧守課績蕭定與常州刺史蕭復濠州刺史張鎰爲理行第一又良吏蕭定傳十二年以鎰爲壽州刺史特加五階褒善政也冊府元龜

獨孤及字至之河陽洛陽人歷濠舒二州刺史唐書本傳其治因俗爲理人用愛戴史稱循吏云中都志

齊抗字遐舉大歷中壽州刺史張鎰辟爲判官明閑吏事敏於文學鎰甚重之舊唐書本傳

張萬福魏州元城人累攝舒廬壽三州刺史舒廬壽三州都團練使州送租賦詣京師至潁州界爲盜所奪萬福領輕兵馳入

潁州界討之賊不意萬福至忙迫不得戰萬福悉聚而誅之盡得其所亡物並得前後所掠人妻子財物牛馬等萬計悉還其家不能自致者萬福給船乘遣之尋眞拜壽州刺史淮南節度副使爲節度使崔圓所忌失刺史改鴻臚卿以節度副使將千人鎭壽州萬福不以爲恨許杲以平盧司馬行軍將卒三千人駐豪州不去有窺淮南意圓令萬福攝濠州刺史杲聞即提卒去李正己反將斷江淮路令兵守埇橋渦口江淮進奏船千餘隻泊渦下不敢過德宗以萬福爲濠州刺史召見謂曰先帝改卿名正者所以褒卿也朕以爲江淮草木亦知卿威名若從先帝所改恐賊不知是卿也復賜名萬福馳至渦口立馬岸上發進奉船淄青兵馬倚岸睥睨不敢動諸道船繼進舊唐書本傳

張建封字本立兗州人建中時淮西節度李希烈反乘破滅梁崇義之勢漸縱恣跋扈壽州刺史崔昭數書疏往來淮南節度使陳少游奏之上遽召宰相選壽州刺史盧杞本惡建封言蒼黃遂薦建封以代崔昭牧壽陽淮南陳少游潛通希烈希烈尋稱僞號改元遣將楊豐齎僞赦書二道令送少游及建封至壽州建封縛楊豐徇於軍中會中使自行在及使江南迴者同至建封集衆對中使斬豐於通衢封僞赦書遣行在遠近震駭少游聞之既怒且懼建封乃具奏少游與希烈往來事狀希烈又僞署其黨杜少誠爲淮南節度使令先平壽州趣江都建封

令其將賀蘭元均邵怡等守霍邱秋柵少誠竟不能侵軼遷團練使進兼御史大夫充濠壽廬三州都團練觀察使（按舊書德宗紀興元元年授）於是大修緝城池悉心綏撫遠近悅附自是威望益重（舊唐書本傳）建封爲壽州刺史聞温造之名招以尺書造曰可人也挈家從之建封動靜咨詢而不敢縻以爵祿（冊府元龜）

畢坰偃師人歷尉臨渙安邑王屋初罷臨渙徐州節度張建封聞君篤行能官請相見署諸從事攝符離令四年及尉王屋徐之從事有爲河南尹者聞君當來喜謂人曰河南庫歲入錢以千計者五六十萬須謹廉吏今畢侯來吾濟矣（韓愈唐故河南府王屋縣尉畢君墓誌銘）

裴均字君齊張建封鎮濠壽表闢練判官時李希烈以淮蔡叛建封扞城均參贊之以勞加上柱國襲正平縣男（新唐書裴行儉傳）

李遜字友道世寓於荊門之石首登進士第累拜池濠二州刺史先是濠州之都將楊騰削刻士卒州兵三千人謀殺騰騰覺之走揚州家屬皆死濠兵不自戢因行攘剽及遜至郡餘亂未殄徐驅其間爲陳逆順利害之勢衆皆釋甲請皐因以甯息遜爲政以均一貧富扶弱抑强爲已任故所至稱理（舊唐書本傳）

李紳字公垂由江州長史遷滁壽二州刺史（唐書本傳）壽人多寇盜好訴訐獷俗特著紳處之三月而寇靜碁歲而人和虎不暴物奸吏屏竄（圖書集成牧守部引李紳轉壽春守詩序）

劉茂復爲濠州刺史政無他門賊無橫劍人人知教盧子較作善政述曰濠人多逾期不葬茂復下令限畢不葬者皆無主者以俸錢葬之中都志

渾偘字復貫瑊之孫壽陽歲數饑丞相舉偘可用偘至猛糾綏化曉告慰養先是有貨茶盜鬬變難制至是皆解散走匿又芍陂之水溉田數百頃爲力勢者幸其肥美決去其流以耕偘隄防約束水復盛溢沃野之利歲歲增多路巖渾公神道碑

令狐緒宜州華原人以蔭仕歷隋壽汝三州刺史有佳政新唐書令狐楚傳

李則定遠縣尉令嚴而行吏急民寬富豪并貧民之產而不税者盡以治法貧民用安祀名宦定遠縣志

侯固宣宗時爲濠州刺史大中十四年固奏言其州以桑爲税民患伐去之固勸使栽植請除其税勅依其所請有勸栽桑碑在定遠縣門外輿地碑記目

蔣濟濠州守捐賦以濟歲旱敕書獎諭中都志

郭言太原人梁祖東伐徐鄆言將偏師略地千里所向皆捷太祖録其績以排陣斬斫之號委之尋表爲宿州刺史時徐宿兵鋒日夕相接控扼偵邏以言爲首昭宗景福初時溥大舉來攻宿州言勇於野戰喜逢大敵自引銳兵擊溥殺傷甚衆徐戎乃退言爲流矢所中一夕而卒舊五代史本傳

朱延壽舒城人乾甯初從圍壽春城堅不可拔將捣之延壽請以所部識往臨城一舉而破城中市不易肆以功爲淮南節度副使壽州刺史明年以功遷團練使四年從征葛從周於淠河敗之自後梁將屢寇淮上延壽每開關延敵未嘗敢逼路振九國志

袁象先宋州下邑人也唐昭宗光化二年權知宿州軍州事天復元年表授刺史充本州團練埇橋鎮遏都知兵馬使會淮寇大至圍迫州城象先殫力禦備時援兵未至頗懷憂沮一日登北城憩樓堞上怳然若寢夢人告曰我陳璠也嘗版築是城舊第猶在今爲軍舍可爲我立廟即助公陰兵象先納之翼日淮寇急攻其壘梯衝角進州城幾陷頃之有大風雨居民望見城

上兵甲無算寇不敢進退去象先方信神鬼之助乃爲之立祠至今里人禱祀不輟舊五代史本傳

五代唐

周知裕字好問幽州人也明宗時宿州團練使知裕老於軍旅勤於稼穡凡爲軍勸課皆有政聲淮上之風惡病者至於父母有疾不親省視甚者避於他室或時問訊即以食物揭於長竿之首委之而去知裕心惡之召鄉之頑很者訶詰敎導俾知父子骨肉之恩由是弊風稍革舊五代史本傳

周

楊承信字守眞其先沙陀部人周顯德初征淮南爲濠州攻城

副都部署改壽州北砦都部署兼知行府事壽州十寨戰功擢
忠正軍節度同平章事時徙州治下蔡承信既增廣其城又遣
監軍薛友柔敗淮人六百餘于廬州北寨歷藩鎮刻勵爲政而
不苛（宋史本傳）

十國吳

王稔廬州人始以騎射隸行密帳下以功授滁州刺史從徐溫
破寇於山南遷壽州團練使未幾授清淮軍節度稔好儒學性
寬厚褒衣博帶有同儒者先是壽春人多尚武復警夜至稔
至唯閱經籍下帷肄業通宵無禁不數載鼓篋待問者四境繇
萃每講肄開必饋以束脩旨酒鄉里薦舉歲常百餘人（九國志）

南唐

高審思爲人厚重寡言齊王徐知誥奇之常使綜領親兵及禪
代拜壽州節度使加中書令增修城隍守備甚嚴或問曰以吳
威畧守此堅城何懼而過爲畏懦也審思曰兵機多變不可不
懼有備無患策之上也後周師南侵壽州未能卒破人咸思審
思遺績云（吳任臣十國春秋本傳）

姚景（孫氏書分記作景鍾）烈祖重其爲人使典親兵歷制置使刺史拜
清淮軍節度壽春爲江淮重鎮民不堪供億之苦景至一切罷
去澣衣敝冠漠然古風初吏請家諱景大署牘尾曰諱贓吏於
是屬僚皆勵廉隅貪墨者稍稍斂迹景嘗登城見其長子導從

甚盛過市市人廢業辟路召其子杖之未幾卒於鎮（十國春秋本傳）

林仁肇建陽人剛毅多力身長六尺餘姿貌偉岸文身爲虎形事閩爲裨將與陳鐵齊名軍中謂之林虎子（一作虎兒）閩亡未有所附會周攻淮南潘承祐薦之拔爲將率偏師援壽州攻城南大寨有功又破濠州水柵擢淮南屯營應援使時周人正陽浮橋初成扼援師道仁肇率敢死士千人以舟實薪芻乘風舉火焚橋周駙馬都尉張永德來爭會風回火不得施勢少卻永德鼓噪乘之南軍遂敗仁肇獨騎回殿永德故獲臂善射引弓射之矢至仁肇所輒爲格去永德大駭曰敵有人未可逼也（陸游南唐書作此壯士不可逼也）舍之歸及割地許平元宗以爲鎮海軍節度使已而移鎮武昌開寶時李重進舉兵揚州宋討平之而淮南諸郡所守各不過千人仁肇密言于後主曰宋淮南諸州戍守單弱而連年出兵滅西蜀平荆湖今又取嶺表往返數千里師旅罷敝此在兵家爲有可乘之勢請假臣兵數萬出壽春渡淝淮據正陽因其思舊之民累年之粟復取淮甸勢如轉丸臣起兵日但馳聞北朝言臣據兵稱叛事成歸國否則請族臣家明臣下無二後主驚曰無妄言宗社斬矣（十國春秋本傳）

劉仁贍字守惠（按劉金曲溪人歐史以仁贍爲淮陰洪澤人未審是非）父金事吳武忠王爲濠州團練使（陸游南唐書云歷官節度使）元宗時上書者多謂周有南侵之謀淮上石偶作人言元宗聞而惡之時値亢旱長淮可涉百

姓流入周境遮殺之不能禁由是增修邊備以壽州最要徙仁贍淸淮軍節度使先是淮水淺涸分兵屯守名曰把淺監軍吳廷紹以爲境上無事糜饟無益罷之仁贍力爭不可來及輟而周師猝至州人大恐仁贍神氣閒暇部分守禦羣情乃安是時統周師者爲李穀拒周者爲神武統軍劉彥貞穀退守正陽浮橋彥貞意其怯麾兵而進仁贍以爲敵狃我也獨按兵城守彥貞不聽其言敗死正陽（陸游南唐書云伏尸三十餘里亡戈甲三十萬）仁贍卒用周饒計破城南大寨鹵獲無算周世宗至壽州圍之數帀徵丁夫數十萬備攻擊雲梯洞屋下臨城中塡塹陷壁晝夜不少息如是者累月鼓角聲震牆壁皆動援兵屢敗仁贍意氣彌壯周人以方舟載礮自淝河中流擊其城又編巨竹數十萬爲柵上施版屋號爲竹龍覆甲士以攻之仍決其水砦俾入淝河自正月至四月不能下世宗忿坐城下督攻愈急仁贍夙善射引弓射世宗矢至胡牀前數尺輒墮世宗命移床進前矢至數尺前復剽去仁贍投弓于地曰天果不佑唐耶若然吾有死耳世宗遣中使諭曰知卿忠義然士民何罪又親臨城招之仁贍不顧命歲大暑霖雨積旬淮淝暴漲周營砦水深幾尺許礮舟竹龍多漂南岸爲南兵所焚周兵死者十之三世宗于是東趣濠梁以李重進爲廬壽都招討使元宗亦遣元帥齊王景達等列砦紫金山下爲夾道以屬城中時重進與副帥張永德不協仁贍屢

請出戰景達不許由是憤惋成病蓋保大十四年也明年二月世宗復至淮上盡破紫金山砦壞其夾道南兵大敗諸將往往見爲而守臣馮延魯等或走或降元宗及左右大僚亦皆震懾奉表稱臣願割地息兵仁贍獨堅守危城不可下少子崇諫幸父病夜渡淮北以降爲小校所執仁贍立命斬之士卒中莫感泣皆誓死守三月甲辰周耀兵城北仁贍病甚已不知人副使孫羽遂詐爲仁贍書以降世宗命舁仁贍至帳前歎嗟久之拜檢校太尉兼中書令天平軍節度使仁贍不受命而卒卒時晦雨沙如霧州人皆哭偏裨及士卒殉者數十人壽州故治壽春世宗以難克徙城下蔡而復其軍曰忠正曰吾以旌仁贍之節也十國春秋本傳

李延鄒鄱陽人濠州錄事參軍守將郭廷謂降周令延鄒草降表延鄒責以忠義不爲具草廷謂媿其言以兵脅之延鄒擲筆曰大丈夫終不負國爲叛臣作降表遂遇害陸游南唐書

宋

王祚并州祁人宋初升宿州爲防禦以祚爲使課民鑿井修火備築城北隄以禦水災因求致政至闕下拜左領軍衛上將軍致仕宋史王溥傳

梁延嗣長安人太祖時爲濠州防禦使有善政詔書褒美安徽通志引一統志

王審琦字仲寶其先遼西人後徙家洛陽從周世宗破劉崇軍于紫金山先登中流矢世宗圍濠州審琦率敢死士數千人拔其水砦奪月城濠州遂降宋太祖建隆二年出爲中正軍節度在鎮八年爲政寬簡所部邑令以臯停其錄事吏幕僚白令不先咨府請案之審琦曰五代以來諸侯強橫令宰不得專縣事今天下治平我忝守藩維而部內宰能斥去黠吏誠可嘉爾何案之有聞者歎服琦重厚有方畧尤善騎射鎮壽春歲得租課量入爲出未嘗有所誅求子承衍知壽州初審琦鎮壽春承衍生於郡廨至卒亦於其地人咸異之承衍孫克臣景祐進士仕累通判壽州鼓角卒夜入州廨擊鄰將既就禽而監兵使所部被甲操及立庭中官吏駭觀克臣徐言曰此不過爲盜耳立遣甲者去戒凶卒勿妄引他人衆讙服是日天既節率掾屬朝謁如常儀人賴以安（宋史本傳）

曾致堯字正臣撫州南豐人太平興國八年進士解褐符離主簿太宗時徙知壽州（宋史文苑傳）壽近京師諸豪大商交結權貴號爲難治公居歲餘諸豪斂手莫敢犯於壽尤有惠愛旣去壽人遮留數日以一騎從二卒逃去過他州壽人猶有追之者（歐陽修撰公神道碑銘）

楊覃本名蟫字申錫太平興國八年舉進士擢第湻化中同判壽州巡撫使潘愼修上其政績有詔嘉獎就命知州事數月召

還未上道會丁內艱州民列其狀乞留轉運使以聞有詔奪情宋史本傳

陳堯佐閬中閬州人進士及第知壽州歲大饑出奉米爲糜粥食餓者吏人悉獻米至振數萬人徙廬州宋史本傳

魯宗道字貫之亳州譙人舉進士爲濠州定遠尉宋史本傳禁民游惰教以務本節儉値歲洊饑民移就豐宗道多撫還之化盜賊爲善良邑以安祀名宦定遠縣志

崔立字本之開封鄢陵人中進士第知安豐縣大水壞期思塘立躬督繕治踰月而成改知濠州宋史循吏傳

劉航魏人眞宗時知宿州押伴夏使使者多所邀請執禮不遜

且欲服毬文金帶入見航皆折正之安徽通志引一統志

江澤天禧中知定遠縣率民修廢塘濬古港以灌高仰之地賜詔獎焉安徽通志引一統志

張式字景則建安人天禧二年進士知濠壽二州州人繪其象

而以自殺告獄既具詰之立服舉州讙以爲明終身不營田宅得祿即以置書曰吾子業此足自活王安石張君墓志銘

趙抃字閱道衢州西安人進士及第通判泗州濠守給士卒廩賜不如法聲欲變守懼日未入輒閉門不出轉運使檄抃攝治之抃至從容如平時州以無事宋史本傳

李若谷字子淵徐州豐人知壽州豪右多分占芍陂陂皆美

夏雨溢壞田輒盜決若谷擿胥占田者逐之每決輒調瀕陂諸豪使塞隄盜決乃止若谷治民多智慮愷悌愛人其去多見思宋史本傳

鄭植字子春眞州人舉進士甲科歷知壽亳蔡揚四州所至官舍蔬果不輒采家無長物時稱其廉宋史本傳

陳希亮字公弼其先京兆人中天聖八年進士第知房州代還執政欲以爲大理少卿希亮曰法吏守文非所願願得一郡以自效乃以爲宿州跨汴爲橋水與橋爭常壞舟希亮始作飛橋無柱以便往來詔賜縑褒之仍下其法自畿邑至泗州皆爲飛橋皇祐元年移滑州淮南饑安撫轉運使皆言壽春守王正民不任職正民免詔希亮乘傳代之轉運使調里胥米而蠲其役凡十三萬石謂之折役米米翔貴民益饑希亮至除之且表其事旁郡皆得除又言正民無罪職事辦治詔復以正民爲鄂州久之徙知廬州虎翼軍士屯壽春者以謀反誅遷其餘不反者數百人於廬希亮爲人清勁寡欲所至奸民猾吏易心改行不改者必誅然出於仁恕故嚴而不殘宋史本傳

俞獻卿字諫臣歙人中進士第補安豐縣尉有僧貴寵積財甚厚其徒殺之詣縣紿言師出遊矣獻卿曰吾與而師善不告而去豈有異乎其徒色動因執之得其所瘞尸一縣大驚宋史本傳

魏琰字子浩爲吏強敏名齊于瓘歷知壽潤滁安州壽州盜殺

寺童子有司執僧笞服琰憫其非罪命脫械縱去一府爭以爲
不可後數日得眞盜富人犯法當死而死獄中琰曰是當斯歷
異籍孤弱者財所以自斃覬不可窮治爾其吏受賕而爲之謀
乎後有告者如琰所料宋史魏瓘傳
包拯字希仁廬州合肥人天聖五年進士第爲定遠令公廉正
直吏豪斂迹以忠信禮義教民政績彰聞祀名宦定遠志按宋史本傳及包孝肅家傳無宰定遠文
張旨字仲微懷州河內人仁宗明道中淮南饑自詣宰相陳救
荒之策命知安豐縣大募富民輸粟以給餓者旣而浚渒河三
十里疏泄支流注芍陂爲斗門溉田數萬頃外築隄以備水患宋史本傳

朱壽隆字仲山密州諸城人知宿州宿多劇盜至白晝被甲剽
攻郡縣不能制壽隆設方略耳目捕斬千餘人宋史本傳
馬從先字子野祥符人由進士累官太常少卿知宿州宿在淮
汴間素難治從先取囊博者重坐者厚賞以求盜禁屠牛鑄錢
嚴甚大水發廩振流亡全活數十萬人代還知壽州以老辭英
宗諭遣之曰聞卿治行稱甚壽尤重於宿姑爲朕往旣至治如
曩時祀名宦宋史本傳
朱景字伯晦河南偃師人舉進士擢知壽州秩祿視提點刑獄
始至亟發廩振給以勸富者出積穀所活數萬城西居民三千

室建請築外郭環入之公私稱便宋史本傳

楊告字道之其先漢州緜竹人知壽州告曉法令頗知財利而不務苛刻時號能吏宋史本傳

韓晉卿字伯修密州安邱人五經中第知壽州奏課第一擢刑部郎中宋史循吏傳

連庶字君錫安州應山人舉進士調壽春令興學尊禮秀民以勸其俗開瀕淮田千頃縣大治淮南王舊壘在山間會大水州守議取其甓爲城庶曰弓矢舞衣傳百世藏于王府非爲必可用蓋以古之物傳於今尙有典刑也壘因是得存宋史本傳

陳洙字聖涯甌甯人進士知壽州安豐縣大興學校括廢田以

養士修築芍陂水利邑民賴之安徽通志引福建通志

連南夫應山人高宗時守濠州舊有東西二城濠水經其間入淮南夫決濠水由城西達淮合二城爲一陳沂南畿志

孫逸濠州守臣建炎三年閻勍以所部奉兩京會聖宮祖宗神御來濠州逸不肯開門勍曰勍奉祖宗神御而來守臣郊迎禮也逸乃朝服率屬吏遥望拜於西樓勍不能奪而去李心傳建炎以來繫年要錄

盛修己通判宿州建炎三年盜入宿修己被執不屈爲所害南畿志

魏孝友字移可甌甯人授迪功郎調濠州定遠令建炎三年潰

卒朱海擁衆數千人入縣界孝友率兵至永康鎮拒之海曰我假道而過秋毫不敢犯倘與公戰乎孝友不納麾民兵擊之海怒悉衆而前民兵潰孝友孤軍弗支遂被執死之事聞贈朝奉郎官其子安徽通志引福建通志

閻勍建炎中節制淮南軍馬駐定遠四年五月金人陷定遠勍爲所執不屈死祀名宦定遠縣志

康允之建炎中知壽春府渠賊丁進聚衆萬餘人攻城危之率軍民固守賊解圍去奏至高宗謂輔臣曰此郡守得人之效也南畿志

國鳳卿通判濠州紹興四年十月金人圍城守臣寇宏棄城走

鳳卿不屈死之中都志

邵青濠州兵馬鈐轄紹興十一年金人陷濠州知州王進被執青力戰死之建炎以來繫年要錄

周淙字彥廣湖州長興人紹興三十年金渝盟邊事方興帥守難其選命淙守濠梁淮楚舊有山砦自衛者淙爲立約束結保伍金主亮傾國犯邊民賴以全活者不可勝計宋史本傳

鄭紹通判壽春金人遣完顏林持檄撫諭紹縛林送於朝率軍民守禦制置使劉琦言其忠改知府事壽州志

楊照濠州將官也金圍城急照躍上角樓刺賊之執黑旗者洞腹抽腸而死照俄中流矢卒有統領丁元者遇金人十八里洲

被圍元大呼其徒勉以毋得負國一卅二百人皆鬬死宋史忠義孫暉傳

王時升紹興中通判安豐軍言淮南土皆膏腴然地未盡闢民不加多者緣豪強虛占良田而無徧耕之力流民襁負而至而無開耕之地凡荒閒田許人劃佃戶部議期以二年未墾者如所請京西路如之安徽通志引一統志

王阮字南卿江州人登隆興元年進士第光宗紹熙中知濠州請復曹瑋方田修种世衡射法日講守備與邊民親訪北境事宜終阮在濠金不敢南侵宋史本傳

鮑濂字清卿永嘉人通判濠州濠歸正人常跳淮暴虜邊殺人燒屋相繼千戶隔河注箭徼主叫罵清卿使與打話曰吾在此姑待集其總首撫之曰爾等看我面如滿月忍爲是乎歸正人感動皆拜且泣曰請後不敢自是終清卿去邊人開竇而睡牛馬被野矣水心文集朝散大夫主管沖佑觀鮑公墓誌銘

石倈濠州鈐轄嘉定間金人攻城與統制韓仔秦允以所部血戰死之鳳陽志引臨淮志

王霆字定叟東陽人甯宗嘉定四年中絕倫異等理宗時以武宗大夫出知濠州賜金帶至州節浮費糴粟買馬以備不虞尋差知安豐軍臣僚上言霆在濠人甚安之不宜輕易詔再任濠職事修舉宋史本傳

王瓚理宗朝知安豐軍端平三年奏今日備邊之計宜於新復州軍留息以衛光留壽春以衛安豐留泗以衛盱眙留漣水以衛山陽此外不必經理帝曰朝廷正要如此區處庶可知邊息民又奏陸贄論沿邊事宜以節制多門為慮帝曰開督府正要統一事權壽州志

王理嘉熙中知安豐軍以戰禦勞賜金帶以旌壽州志

劉雄飛知壽春府節制屯田軍馬淳祐五年詔雄飛等以元兵圍城捍禦有功各官三轉宋理宗紀

張斌濠州統制開慶元年詔以張斌柘塘之戰歿於王事贈官三轉宋理宗紀

杜杲字子昕邵武人辟廬州節度判官安豐守告戍將扇搖軍情且為變帥欲討之杲曰是激使叛也請與兩卒往呼將諭之日而果無它可持吾書詣制府將卽日行一軍帖然知定遠縣會李全犯邊淮帥季衍辟通判濠州朝廷以杲久習邊事擢知濠州旋知安豐軍遷淮西轉運判官詔問守禦策杲上封日沿淮旱蝗不任征役中原赤立無糧可因若虛內事外移南實北腹心之地必有可慮時在外諫出師者惟杲一人再知濠州未行改安豐元兵圍城與杲大戰明年又大戰擢將作監御書慰諭之宋史本傳

李庭芝字祥甫其先汴人後從隋之應山縣淳祐中為制置司

參議移鎮兩淮議柵清河五河口增淮南烽百二十繼知濠州復城荆山以備淮南皆切中機會（宋史本傳）

金

圖克坦義壽州刺史泰和六年宋李爽圍壽州義籍城中兵民及部曲廝役得三千餘人隨機拒守堅甚義善撫御得衆情雖婦人皆樂爲用同知布埒庫中流矢死義益厲不衰布薩揆遣河南統軍判官奇珠（原作乞柱）及邁格等以騎二千救壽州去壽州十餘里與爽兵遇奇珠分兩翼夾擊爽兵大敗斬萬餘級追奔至城下拔其三柵焚其浮梁義出兵應之爽兵大潰赴淮死者甚衆（金史李全傳）詔升壽州爲防禦免今年租稅諸科名錢釋死罪

以下以圖克坦義爲防禦使贈布埒庫昭勇大將軍賜錢三百貫官其子圖喇（金章宗紀）

張若愚攝臨渙縣令天興元年二月元兵徇臨渙若愚死之（金哀宗紀）

高拉格（原作刺格）宿州副總帥天興二年十二月元兵破外城高拉格戰歿（金哀宗紀）

元

張晉亨字進卿冀州南宮人中統四年受金虎符以萬戶戍宿州首言汴隄南北沃壤閒曠宜屯田以資軍食乃分兵列營以時種藝選千夫長督勸之事成期年皆獲其利（元史本傳）

董文炳字彥明至元九年遷樞密院判官行院事於淮西築正陽兩城夾淮相望以綴襄陽及攜宋腹心（元史本傳）

李貞佑泰山人爲靈璧縣尹縣經兵燹城郭爲墟至元二十四年復立縣貞佑相度形勢內廨外市皆所經始（江南通志）

田誠仁宗時靈璧縣丞滿九載父老恐其遷去赴闕言其居職廉能撫民有道乞還之百姓詔以州判官職復任（安徽通志引一統志）

安汝明甯晉人延祐中尹定遠興利除害三年土田闢戶口増盜息賦均民無勞役（江南通志）

嚴忠信東昌人知濠州政尚嚴明大興學校（南畿志）舊有德政碑訖（鳳陽志）

谷杲字明之至治二年爲安豐總管有能聲（南畿志）

霍惟肅至治間爲定遠令政用廉平祀名宦（定遠志）

哈剌竿元素陽姓金至順間爲鍾離縣達嚕噶齊平反寃獄政爲諸邑最（南畿志）

乘松壽楙才爲懷遠縣達嚕噶齊在官廉謹有政聲（萬府志）

梁端泰定間懷遠縣令溫文爾雅勤慎廉能士民敬憚祀名宦（懷遠志）

梁思溫河南鹿邑人天歷二年任靈璧縣尹惠和平易因俗不苛有善政便民者數十條邑人爲立遺愛去思二碑（靈璧志）

蕭從善字敦武眞定人元統間爲定遠主簿修政勤事百廢具

興刻石紀功詳余闕康存誠碑記定遠志

張謙字父益高唐人至正六年安豐路總管歲饑振卹有方多所全活南畿志

連九鼎鍾離尹六事備具以廉謹稱鳳陽志

朱澤山西人鍾離尹燭事詳明秋毫不犯鳳陽志

寶寶字子約唐兀人鍾離縣達嚕噶齊廉潔有善政當時稱之鳳陽志

明

蔣子杰奉化人洪武中知鳳陽府寬嚴相濟惠政甚多南畿志

欒瓚陽城人洪武初知臨淮縣才具廉幹賦役均平江南通志

唐蔚洪武二年任開立縣治撫綏新附建文廟及諸衙舍雖草創未備而規模定矣懷遠志

穆政洪武二年任開設縣治招撫流亡多創始之功靈璧志

王景字景彰浙江松陽人洪武三年任懷遠教諭開建學校自景始經學才行師表一時鳳陽府志

吳彥中洪武三年知宿州時戎馬充斥城市榛莽公署學舍僅存故址彥中次第修舉善政多端宿州志

郭可學浙江鄞縣人洪武初以舉人任靈璧教諭兵燹之後學舍荊棘可學次第興舉訓誘惓惓釋奠禮文樂舞器數皆整備稱善教云靈璧志

敎養兼舉鳳陽志引

黨質陝西蒲城人宣德九年由貢生知懷遠縣立政寬平有蝗不入境之異懷遠志

楊瓚蠡縣人永樂末進士由趙城縣超擢鳳陽知府正統十年大計天下羣吏始命舉治行卓異者瓚及王懋葉錫趙亮等與焉鳳陽帝鄉勛臣及諸將子孫多犯令瓚請立戶籍出入由是始遵約束瓚言民間子弟可造者多請增廣生員毋限額禮部採瓚言考取附學天下學校之有附學生由瓚議始明史本傳 明外史孫原貞傳

持身廉介涖政公勤入覲賜衣襃勞江南通志

張智字達理永平遷安人景泰五年知定遠縣潔己奉公擿伏如神先是賦役多積弊智悉爲疏豁民困以蘇橫惡數輩爲邑害智縛之置於法境內帖然課農修學政化大行有麥秀雙岐之瑞部使者上其績璽書旌異去任百姓攀留如失父母祀名宦定遠志

林漢泰福建長樂人景泰五年由舉人任臨淮敎諭行修學博旣去人思鳳陽志

李壽甯昌人天順間由舉人知懷遠縣寬仁愛下修學有功懷遠志

馮良字原性東昌武城人天順五年任定遠訓導操行剛介嚴學校條約先行後藝懲罰頑惰不少貸三年士風爲之一變祀

名宦 定遠志

白玉以都督同知守備鳳陽嘗修考陂興水利在官無一毫妄取軍民思慕之 廣輿記

章銳字元進鄞縣人成化中以進士知鳳陽府持己恭勤讞獄精審以立政興教爲己任修學宮刻中都志綱舉目張得爲政大體 舊府志

王璿西川安岳人成化六年由進士知臨淮縣涖任三載廉能著稱 鳳陽志引臨淮志

滑浩浙江餘姚人成化十三年由進士知臨淮縣政令嚴肅威惠並行 鳳陽志引臨淮志

張瓛成化十四年知宿州在任五年奉公持正吏畏民懷 宿州志

孫治江西清江人成化十七年由進士知臨淮縣學問淵深政令簡靜 鳳陽志引臨淮志 時權閹汪直陳廣以選妃責貢所在需索動以千計治持正不阿爲二宦所中改安東遂棄官歸 臨淮志

劉概濟甯人成化二十年進士知壽州毀境內淫祠幾盡三年教化大行 明史湯鼐傳 尤講禦荒之策量道里遠近分設豫備倉又建石橋以渡義冢古良牧無以過 江南通志 弘治初上言忤權貴考績赴都値州人御史湯鼐以言事得罪詞連概幾置重典百姓赴京陳救以千計祀名宦 壽州志

許信成都人成化間由舉人任懷遠敎諭爲敎九載始終不勌

凡諸生課餽一毫不受（懷遠志）

董豫字德和會稽人進士弘治元年以主事謫壽州同知振廢滯懲貪污養耆老崇德誼民以養馬爲病豫奏免之（壽州志）又載免養馬疏略曰養馬之法近見主事楊景以養馬有論丁論田處專論丁則免糧之家得利而丁多下戶受害欲兼論丁糧役不均每府州縣當通編丁糧編戶爲三等上等戶盡役及中等今壽州免徵田地以養馬數上該論糧官吏乃通同里書謀私假論丁養馬爲辭隱下免徵田糧通派州丁利歸豪右害及小民宜行巡撫處責管馬官悉將免糧田地役以養馬而加里甲之重非復徵各處分管太僕寺丞恐亦有此弊一例查派論罪以造冊申部爲憑其市民養馬豈獨牧所便但亦宜究其戶有免徵錢糧者照例養馬否則與免第比養馬戶隱丁貧重役有田糧無欺隱之弊皆民免養馬之苦

張紀山西吉州人弘治三年由舉人知臨淮縣信以待人勤以集事秩滿擢滄州民立去思碑（鳳陽志引臨淮志）

周廷徵湖廣麻城人弘治三年由舉人授臨淮教諭才識通敏學有淵源（鳳陽志引臨淮志）

王嘉慶字德徵洪雅人進士弘治六年由刑部郎中謫知壽州沈毅有材識政修弊革勁直不撓（壽州志）

陳玉輝縣進士弘治七年任創建土城修公署學校政令嚴肅摘伏如神（靈璧志）

曾大有字世亨麻城人弘治中知定遠縣建倉官廨城郭坊市悉爲增治誅妖匪孔布等一境晏然（定遠志）

王倉濟甯監生弘治八年判壽州性廉介愼密清釐馬政夙弊盡革（壽州志）又云按重修劉忠肅王碑作判官王蒼與知州林信同知林薇吏目高洞同時碑立於正德元年弘治

當是正德志之譌

秦煜浙江慈谿人弘治十一年由舉人授臨淮教諭學問該博操履端方鳳陽志引臨淮志

呂和浙江鄞縣人弘治十三年由進士知臨淮縣持己剛正不避權要鳳陽志引臨淮志

曾顯弘治間知宿州汰浮費抑豪右境內肅然公庭晝靜胥吏悉令讀律日召生儒與講經義率民以孝弟勤儉所製諭民詞今猶傳誦宿州志

高鑑承州舉人弘治十八年任修舉廢墜法度森然靈璧志

吳九功雲南後衛人正德元年由舉人知臨淮縣政尚清平存

心惠愛鳳陽志引臨淮志行取赴闕士民追送留鞭縣於縣門之左江南通志

李斌汀州人歲貢正德元年任壽州同知廉仁無求妻子不入官舍御民誠信百姓愛如父母告歸吏民遮留有垂涕者壽州志

楊麓字孔瞻德州人正德初知定遠縣創建甎城民賴保障江南通志

杜依仁直隸深澤人正德三年由監生授臨淮縣丞佐政公平宅心仁恕鳳陽志引臨淮志

盛瀧浙江蕭山人正德四年由進士知臨淮縣資性溫雅操守廉介鳳陽志引臨淮志

石玖正德五年知宿州勤儉嚴慎凡可庇民者力爲之六年十月流賊楊虎等據睢陽驛攻宿甚急玖嬰城固守時或縱兵出擊賊所過摧破惟宿城獨完玖之功也宿州志

王九思字敬夫鄠縣人弘治九年進士正德五年由吏部文選郎中謫壽州同知奉職愛民尤加意學校暇日進諸生講習亹亹忘倦時流賊犯壽州九思率軍民嚴守州以獲安壽州志

陳伯安字汝止黃陂人正德六年以御史謫知靈璧縣時流寇楊虎擁衆來攻伯安禦之增高城若干尺濬河八尺以環其外邑以獲全江南通志繼伯安知靈璧者爲邢隆隆定州舉人正德八年任伯安政績未竟者隆續成之靈璧志

蔣賢隴州人正德六年任靈璧主簿嚴毅有爲佐縣多治績流賊楊虎入寇賢率鄉兵與壽州指揮錢英助知縣陳伯安禦之戰敗賢罵賊遇害英亦死之邑人立三忠祠春秋致祭靈璧志節義志

李豫廣東高要人正德七年由歲貢知懷遠縣築城荆山爲中都屏蔽又修學有功懷遠志

林億字大年一作受莆田貢士正德八年知壽州政令嚴肅因究屏蹟崇儒愛士剏建尊經閣士人懷之壽州志

吳鼎浙江錢塘人正德十三年由進士知臨淮縣不畏權貴屏斥姦貪鳳陽志引臨淮志

徐玠直隸涿州人正德十三年知懷遠縣廉仁有爲百廢俱舉

懷遠志

梁穀字仲用東平人進士正德十三年由吏部考功主事謫亳州同知時大水城殘没穀在潁亳間聞之單騎馳歸令伐木浮苴當衝激聯舟載土防潰決城賴以全壽州志

袁經字載道青陽人正德十三年以戶部員外郎謫壽州同知剛介廉謹愛護士類修城濬隍疏治芍陂民以爲使壽州志

李鳳字仲鳴昌邑人進士正德十四年以工部主事知壽州政尚嚴密吏民不敢欺勸農興利施藥療民時車駕南征郡縣疲於奔命鳳隨事處分各有條理境內不擾壽州志

王芳由知縣謫任宿州判官秉公執法風裁懍懍巨寇劉元等爲地方害芳一舉殲之宿州志

王軾字敬甫廣東揭陽人由舉人任懷遠教諭善教不輟執禮自嚴諸生負儀以義卻之人亦以嚴見憚祀名宦舊府志

劉悌遼東定遼右衛人嘉靖二年由進士知臨淮縣六事修舉克稱民牧鳳陽志引臨淮志

魏琨福建晉江人嘉靖二年以歲貢任臨淮訓導精於易傳時鄉蔡虛齋之學與諸生講論剖析明暢士藉以成就者甚衆靈璧志

王儀字克敬文安人嘉靖二年進士明史本傳三年任靈璧縣知縣靈璧志歲大祲抵官未及視事輒發廩賑貸奸民有竊盜者儀貰

其罪令諸盜出入則報之立捕而火其家自是盜絕明外史

劉熇字德輝完縣人嘉靖四年知定遠縣時大饑疫邑里蕭然熇撫循三年逃者以集居者以饒江南通志民立石頌德祀名宦定遠志

劉天民字希尹歷城人進士嘉靖四年由吏部文選司郎中謫知壽州寬而有制崇獎節孝懲艾頑梗壽州志立鄉社以厚風俗北門石橋久圮增修二百餘丈積穀三萬石以備水旱江南通志

劉采湖廣麻城人嘉靖六年由進士知宿州宿州志歲饑請發帑金轉糴代民輸賦俟秋成取償漕使者不可采矯發之及秋而償民無負者安徽通志引一統志

傅堯臣字濟甫直隸永清人由舉人知懷遠縣鋤強扶弱敢於任事懷遠志

謝廷舉嘉靖七年由舉人知臨淮縣才猷明練政教修舉利興害革民頌不忘鳳陽志引臨淮志

任俊字先乂雲南人廉靜愛民歷久不易積穀萬餘石遇荒振濟民賴以活祀名宦懷遠志　志又載楊鈞任侯碑記曰嘉靖八年己丑夏六月立軒先生任侯自其雅學諭遷令懷遠邑滋敝矣民將日流侯於是乎慨焉以咨於邑之長老乃諸長老以侯虛心下問則亦數心以陳於侯乃聰聽而服行之弊日有釐法繇以申政日有易民繇以治是故弊政易而不苛則民自宜成法申而弗玩則政自修人玩以弊侯勅以新則病民者去而惠政行矣不其治乎越十有二年癸巳夏四月侯以憂去踰年而民有思焉者矣歷數年而思焉有太息者矣政積以更弊乘如故流者以失業而思居者以憂生而思耕者以違時而思訟者以闘節而思輸者以掊尅而思牧者以

科擾而畏役者以勇頓不忘以徵賦田思者激於斂也以營建而
者困於賦也以水旱而傷於稼也以兵荒而困於錢也
商賈者危於盜也以賦課田產而困於額也是之不獲明以告
諸長老曰曷不聞於我司命惠我下民夫孰無任侯之心者哉
諸長老大息焉雖唯以謝乃爲稽其所思各系之牘而紀諸
石曰思昔任侯流亡是課乃資其業三年不徭鑿井耕田荒野
既闢乃禁里胥催科勿及聽訟折獄惟公惟恕獄平訟簡民咸
仰慕兩稅有助一聽於民好義樂輸爭公爲心計地牧馬令民
勿積欠於典牧賴公以蘇錢糧出納虛支節實上下乾沒視爲
故習公嚴杜之吏胥屏跡安然役繁與民不堪命每歲均徭厲精
審定舊設民壯自有餘、役留過牛以供私門裁革如初防禦
弭寧安者乃兵興年一吏留以賄免役多貧民悉令還農差役
均迎送上官經過鎮市沿途起夫大妨耕織里中爲之弗獲
其給繕治公所人以爲嫌貴措於官民無與焉水旱頻仍乍爲
惕慮溝治陂塘作其泄蓄贖刑有金易爲稻穀常平之倉舊有
餘升斛求雨學夙夜被誠徒跣以禱大沛甘霖邑當渦淮汎濫
弗絕間隱賊舟時或竊發多置邏卒早暮譏察寇攘以息商旅
明日公私冗費裁省殆盡歲當覲朝恪遵例禁役官另身分給
民民課有定額三歲一征侯一不求糴穀凍餒倘遇儉歲給乏爲
饑民侯今既去民心不忘勒石志慕今若甘棠侯諱子俊字維
先又其號立軒西秦華系時維嘉靖十有八年己亥季秋闔邑公議

鄒鑾浙江西安人歲貢嘉靖八年任壽州訓導化迪諸士淳復
不倦尤厚於寒素（壽州志）

吳禋莆田人貢生嘉靖十二年任壽州學正鯁直不阿勤於誨
解（壽州志）

趙楷湖廣人嘉靖十三年知鳳陽縣操履清潔勵政精嚴（鳳陽志）
布衣羸馬從役二三不畏強禦豪猾斂迹三日一至學宮拔弟
子之秀者廩給之多所成就（江南通志）今學宮列柏皆其手植（鳳陽志）

商永學浙江湻安人嘉靖十三年由舉人知懷遠縣清謹有爲
（懷遠志）

劉安浙江慈谿人進士嘉靖十四年知鳳陽府治行卓異賜正三品服明史本傳

高天爵直隸交河人嘉靖二十一年以歲貢知懷遠縣敦樸廉約告致而去懷遠志

秋逢慶河南汝陽人嘉靖二十二年知懷遠縣廉靜有威祀名宦懷遠志○志又載陳鈿秋公去思碑記曰公名逢慶號沙坪汝陽縣人少魁河南鄉薦嘉靖甲辰秋七月尹懷遠邑介山水間河決則渦流洶湧交匯於淮故多水患居民物產綿薄無足深恃在昔差派惟邑稱最役法軌放逸非役之役非徵之徵月異而歲不同疾首蹙額轉徙流亡相繼矣公涖任銳精治理首酌沿革箸爲條約繼設木鐸宣布聖諭時其警省又書善惡二牌揭於門之牆廡以昭懲勸剔刻宿弊廉察奸宄公衙由內達外慄如也吏遵約束非有召不敢輒至堂階折獄惟良枉直一訊立辨獄無留繫內懸一鐘有鬱許四撞擊幽隱畢達深念里甲科報擾民悉從裁省日用所需出費取給於市無擾徭役均平正額之外初無濫設流民聞風攜負來歸荒土益闢歲稔錢穀恐收催失時爲民病各立限責以便輸納約有羨餘輒足逋逃取盈之數不欲大戶振捐偏累邑中連値大水多方存恤豫爲勸懇申請得蒙蠲免民賴以安每用重刑必令獄卒登堂朔望開報因默諭寮案以示慎重意地緣山險舊無墉壑常苦賊患守護民壯禁私役包占專務練習用戒不虞相度關隘去處添置柵欄警柝達旦仍申嚴保甲凡遊惰酗博奸宄惑眾者皆有厲禁而兩河多外戶影射雜處懼奪民利且生釁端悉加撿括譏察匪彝驅逐出境自是寇攘殘暴屏迹作新文教黌舍門字規拓改觀力請董學侍御馮公增廣生員凡四十人閭里嚮風彬彬多文學士矣公政先綱紀崇潔廉明摧凶植良典禮勸學表正風化尤其大者賢聞懋著遐邇想望風采爲當道器重崇獎絡繹鄰郡疑獄不決或勢軋權貴盤錯芬結多命治之剛正之氣不少疑二摧沮據律讞斷多平反臺憲交疏薦剡將擬徵用丁未閏九月聞外艱去之日士民追送哭擁道路公在任僅三載民至今思之如一日書曰安民則惠黎民懷之又曰民罔常懷懷于有仁感道之理固其然爾言爲記以永其思云時嘉靖二十三年冬十一月

駱驗浙江諸暨人嘉靖二十六年以選貢知懷遠縣性情坦直

愛士恤民懷遠志

栗永祿字健齋長治人進士嘉靖二十六年知壽州修州乘治芍陂士民懷之壽州志

孫維禮山東甯海州人嘉靖三十三年以歲貢知懷遠縣老成練達民鮮怨者懷遠志

高鶴字若齡浙江山陰人由進士任戶科給事中因彈嚴嵩左遷定遠令治任未及一載興利袪弊賢聲四達重修縣志建順陽橋政績犂然定遠志

常若愚廣西桂林人嘉靖四十年以舉人知靈璧縣兼清慎勤三善衙齋蕭然數年一節靈人稱爲眞父母靈璧志

何立河南信陽州人嘉靖四十一年知懷遠縣民懷其德立生祠懷遠志○志又載王世貞何公去後生祠記曰嘗何公之去懷遠令而永德安郡也實嘉靖末云公去無何而邑之士民謳思不已則立碑以紀其績久之而其思又不已則相率搆祠以祀之方是時何公出居無恙既搆祠其士民請於嘗受學者公胡公曰在職而立祠若碑者有禁何令故里居非在官者比徵其所謳思則士人爲詩爲文以章何公者彬如也且曰不腆懷遠最爾下邑往者民苦徭役相率而徙去何令至始招徠之稍稍還集恤其隱而補其不足勸課農桑與物徵吾顧聞而對撲蝗蝗滅民室復稍稍實矣粟米力役之征以次舉治而不告困乃新學宮而告其弟子曰是選於民者也又進其俊彥而誨之之曰是選於士者也凡崇禮教嚴規條皆所望於諸君子先吾民而風之者也於是化行俗美非復舊觀萑苻猶不時警乎可令威則銷兵爲耕耒矣巍然有居閒者乎耳令兼望東丁而都走矣何令之爲懷遠也且五載部使以卓異累上以高第當入備諫察不則亦郎署丞于格少次不當乃何令怡然自知也爲丞未幾謝然致仕歸絕口不言功夫何令不名懷遠功懷遠之士民胡可以不名何令功也於是邵公胡公嘗然其言用贖鍰貲之及邵公任滿而崔爲代會報祠成崔公布書幣使使渡江謂

得不佞言以文麗牲之石昭河公於永久余不識何公然嘗識公之父大復公文大復公以行誼風概稱宏德問其文遂能振雅之用章章如此也公之子學士洛文太史洛書方修其大父六代之衰而成正始何公故少孤嘗盡讀父書否耶何淸惠爾業雅重於朝夫大復公不盡食德而以貽何公何公又不盡食德而以貽二子然則惟有德者克昌後裔抑惟有德者尸祝兆民持此以示懷遠之士庶於伏臘之日讀之庶幾稍慰哉何公名立別號小陂汝之信陽人以鄉進士來郡公名壆胡公名秉性崔公名廷試俱以進士來時萬歷乙卯春二月

姚箟嘉靖四十一年任宿州推兒植良民戶充復有前年賣子今年贖往日泥門今日開之謠置義倉建橋梁購徐州民舍爲本州兒運儲米之所官民兩便宿州志

傅霖大原人進士嘉靖四十二年知壽州請上官免雜役歲省民財無算壽州志○志又載舊制壽州代天長槓夫四名岡鎮槓夫二十四名代鳳臨二縣齋膳夫銀一百八十兩[illegible]一百兩府學庫役十六兩代徐州雇夫銀一百兩定遠雇夫[illegible]一百兩五河軍器銀四十兩霖請於上官悉免之仍裁減轎夫十六名燈夫二十七名斛夫三十名

林大槐福建莆田人嘉靖四十五年知懷遠縣持身淸約日食止一蔬涖下仁明簡訟寬刑修復陂塘積貯倉粟卒官無以爲殮萬歷五年營田道史公釆士民公論申請祀名宦懷遠志江南通志

林雲程嘉靖四十五年知宿州重學校勤課士調停賦役設法催徵完不後時民亦不病驛馬舊設糧頭動傾家公爲申准居民代養民無怨言先是過客廩給飯食外折乾數倍夫馬過索無算少逆輒遭鞭撲驛甚苦之公易以由官管支州堂鑿秤定數鈐印封袋隨時給發客不敢復勒又扛夫等役累年中途逃

葉公置簿挨撥往迴查稽無敢逋匿官無停留之患民無賠累之苦公私兩便既去人思 宿州志

戴珩儀封人以歲貢任懷遠主簿與知縣林大槐不相能及大槐卒無眷屬珩入其室視惟敝衣數襲行李無長物遂大哭傾囊助其喪及珩去僅圖書數卷而已 懷遠志

王所直隸南樂人以歲貢爲懷遠縣丞在任清謹 懷遠志

羅尚絅福建莆田人由舉人任懷遠教諭卻贄勤教恩義兼至 懷遠志

吳越字宗禹浙江鄞縣人以歲貢任懷遠教諭廉靜有古君子風 懷遠志

劉艮林浙江平湖人以歲貢任懷遠教諭持心平易立教嚴勤 懷遠志

王應士南陽人懷遠訓導正身率士談藝精確 懷遠志

施乾浙江桐鄉人由歲貢任懷遠訓導溫文寬簡待士恩禮兼至 懷遠志

葉艮驥金華人由歲貢任懷遠訓導性情坦直有教無隱 懷遠志

薛志義山東濱州人隆慶元年由進士知靈璧縣性豪邁洞見胸臆鋤强扶弱執法不撓留心學校士民建祠尸祝之有善政碑記 靈璧志

王一卿字望之浙江雲和人嘉靖辛酉舉人隆慶二年知鳳陽

縣催科不擾加意拊循年饑行郵雖孤村僻壤必躬履之饑鄉崗濬溝渠民無告者給以牛種於學校尤加振作遷刑部主事去百姓爲立生祠臨淮李心學記之鳳陽志

王之佐號正齋湖廣蘄州人隆慶二年以舉人任懷遠知縣居官廉慎懷遠縣志

甘來學四川人隆慶二年知壽州詳減里甲等銀壽民至今戴德壽州志　志又載來學減里甲銀一千四百四十兩六錢均徭銀三百三十三兩三錢民快工食鞍馬草料鼎鑊等銀二千七百二十九兩六錢

黃傑浙江餘姚人隆慶二年由知印任懷遠主簿清慎有才幹懷遠志

陳忠烈江西都昌人舉人隆慶四年知臨淮縣甫至值歲荒捐振以活饑民修公署學舍城垣隄壩百廢具舉鳳陽志引臨淮志

毛爲光隆慶四年以進士知宿州剔弊剗奸丈地均田豪右不敢毫髮侵欺錢糧輕重適均民至今賴之宿州志

張淵江西信豐人隆慶五年以舉人知鳳陽府自奉儉約秋毫無所取歲支公費節省五百金羨兌運米四百餘石皆條上之百姓租不能輸者爲之代輸在官嚴峻胥隷畏悚盜賊不敢犯境以蜚語劾去吏有資公道里費者笑曰吾豈以官休易操耶有句云不持俸外半文錢惟餘來時二衣麓鳳民至今誦之鳳陽志

謝教字松崖浙江於潛人隆慶六年知懷遠縣清謹安靜有循吏之風懷遠志

楊淵舉人萬曆元年知壽州政尚嚴肅存心寬厚時穀貴民饑捐俸振恤仍募富民施粥全活甚多壽州志

陸天象歙縣人萬曆元年任懷遠教諭行修學粹課訓勤敏懷遠志

鄭之亮湖廣蒲圻人萬曆三年由舉人知臨淮縣多有建革風裁卓然行取南京監察御史民立去思碑鳳陽志引臨淮志

方杭浙江桐廬人萬曆三年由歲貢任懷遠訓導忠信不欺上心悅服懷遠志

謝鼇湖廣麻城人萬曆四年由舉人知定遠縣操守峻潔惡惡極嚴猾吏積蠹肅然斂迹定遠志

莊桐南陽衛舉人萬曆四年知壽州長於聽訟人莫能欺州志殘缺重爲修輯革除舊規州人至今思其德壽州志志又載舊規知州供給取於里役園戶日供蔬菜樺皮油燭俱於供應銀兩內取用派剝鋪行支持知州公出里長管辦折費甚煩迎送歲貢生五十四里每里派婚賀禮一兩銅盡行革除上司來往供應又奉里甲費亦頗多詞議減其半民得無累每歲徵收幾還僉報收頭五十四名每名約費百兩中人之家幾致傾覆民間重困桐悉除之令花戶自行投櫃

張允守字信庵四川眉州人萬曆四年以舉人知靈璧縣爲政公明不以私意輕重清丈田地尺寸均平其斷獄也幽枉皆得自伸民頌其仁立祠固鎮靈璧志志又載固鎮南僧院有萬曆三十五年知縣黃應宇重建張公

去思碑善郎當時建祠遺也其略曰公一寄學詩甘風酌公微令旬丈有典籍湮沒公請諸當道縣尚十畢責志約彙四十頁援之力遂使董其事以萬曆子履觀則年事在田糧清數芸勒諸石縣北濆河司空潘公以河決故當築遙隄長吏有異才者舉與擘畫一歲之中公蓋十九河干經年告成又有議於鳳多蕪地者上命憲臣史某議其事給牛種建營田倉以便民也持之急治農丞佐往往挂冠去公獨當其總縣署自擇才者司出納時宗族貧民領之鳥請邑最公性簡雖勢家名族羅於法無所貸而待士以禮汲引孤寒惟恐不及勞心無年無不人咨而人嘆之至今鄉民歆公休澤三十年如一日也

張雲翔河南上蔡人萬曆六年以舉人知鳳陽縣節用愛民實心為政鳳陽縣志故未有志自公創之袁文新鳳陽新書序去之日民焉泣遮道不得行雲翔在濮後八年民至今稱兩張公云鳳陽志

江一鯉山東即墨人萬曆六年由歲貢任懷遠縣丞持心平允催科不擾懷遠志

方崇德浙江淳安人萬曆六年由恩貢任懷遠主簿涖官克慎馭下有恩開墾催科卓有成績懷遠志

范善浙江餘杭人舉人萬曆八年知鳳陽縣睹邑中彫敝亟爲拊循禁胥吏毋侵擾請於上緩其征徭以催科不及格被奪俸他如裕倉儲裁郵額勸耕農息囂訟善政纚纚不可殫舉在任八年以治最擢南京刑部主事鳳陽志

陳民性浙江上虞人萬曆八年由舉人知臨淮縣平易近人遷事明敏去後民繪像祀之鳳陽志引臨淮志

孟醕山東歷城人萬曆八年由舉人知定遠縣政尚慈祥時編審丁徭民不爲累丈量田畝力闢荒地歲饑振撫存活甚眾定遠

志

黃克纘字紹夫晉江人萬歷八年進士除壽州知州州本漕史修橋隄治芍陂抑豪右清戶口壽州志夏尚忠芍陂紀事云公知壽州時值安豐塘敗豪强兼并公毅然爲恢復水利計謂前州渠付二公縱奸民董元彭邦等限以退溝界以新溝只見目前之安不知異日之害遠且大也據積水之區使水無所納害一水多則內田受勢必盜決變隄沖沒外田害二亦一洩不可復收內外之禾俱毀乎濺害三利一而害三利且不可從況舉內外之田而棄之又何利也且興利除害吏職也乃逐開占者四十餘家立界石限之至今二百餘年農民享其利勵政忘家常語寮佐曰受職自有定分名節千古不磨孤立自守不畏强禦崇文重士愛民恤孚申請編派等則歸一條鞭至今民享其澤康熙江南通志官山東巡撫時猶捐俸寄壽置田資書院膏火士民立祠祀之壽州志

鄭際可萬歷十三年由舉人知懷遠縣持身廉謹丈地均糧不避勞怨民咸賴之懷遠志

經仁恒廣西全州人萬歷十三年知懷遠縣清謹寬厚士民愛之懷遠志

蕭如蕙廣西臨桂人萬歷十六年由舉人知臨淮縣清勤精敏治邑如家其吏定例法遺愛無窮鳳陽志州臨淮志

劉功允湖廣黃岡人萬歷十六年知懷遠縣廉明仁恕民建生祠于東山懷遠志

趙世德陝西潼關人萬歷十八年以進士知靈璧縣力剪首惡權賄不回靈璧志

杜冠時河南汝州人萬歷二十年以舉人知靈璧縣悉心撫字所至必詢利病暇則延諸生講經義不以酬拔爲煩先是邑未有志冠時乃廣集事類創始之 靈璧志

薛芳陝西韓城人萬歷二十二年由進士知臨淮縣造士惠民治行爲江淮第一權戶部主事民立去思碑 鳳陽志引臨淮志

崔維嶽字汝瞻直隸大名人舉人萬歷二十二年知宿州涖任五年民歌父母吏畏神明建生祠於綏阜坊祭酒馮夢禎撰德政碑記 宿州志

李邦禎山東長山人舉人萬歷二十三年知壽州好學多聞公餘集諸生講解深夜忘倦飭躬廉潔人莫敢干以私 壽州志

姜自馨廣西馴象衛人舉人萬歷二十三年任懷遠教諭持身廉約 懷遠志

劉一鵬萬歷二十四年由舉人知懷遠縣才諝精敏計慮詳審問斷則寃抑畢伸催徵則侵冒悉禁發假印之吏奸革回用之習弊立文會清學田積義倉表貞節皆犖犖大者 懷遠志

李存信江西廣昌人萬歷二十五年以舉人知鳳陽縣有惠政 鳳陽志

鍾大章字叔和貴州都勻人萬歷二十五年以舉人知靈璧縣興利革弊頹風一振立正學書院於城之東南隅民久而思之 靈璧志 志又云按陳志言三忠祠久頹公爲新建亦善政之一也

余熙廣東饒平人萬歷二十七年由舉人任臨淮教諭坦夷豁達周助寒素士德之立生祠於明倫堂側鳳陽志引臨淮志

李用艮蕪湖人萬歷二十九年由歲貢任懷遠訓導苦心績學雅志清修懷遠志

王存敬字明洲河南確山人進士萬歷三十年知懷遠縣豈弟和易涖事明斷懷遠志時凶荒頻仍亟圖休養墾荒振饑聲播遐邇江南通志申華飛稅調停夫馬奸軌潛消市廛安業行取監察御史去之日士民流送祀名宦懷遠志

鍾應麟字瞻生四川内江舉人萬歷三十年知宿州當大眚之後撫摩鞠育流離漸甦百廢俱舉詔旌異等宿州志

彭鳳鳴山西大同人歲貢萬歷三十一年任懷遠教諭志行敦篤學識老成懷遠志

賈應龍字原璽河南安陽人萬歷三十二年由舉人知臨淮縣廉明正直百姓爲心地方積苦悉爲申豁其大者在請改附郭除二百年因襲之害而調停兩驛夫馬務使均平人皆感激鳳陽志引臨淮志

蔡夢齊字覺我北直隸定興人萬歷三十二年知定遠性剛直凡事持大體嚴治蠹胥政簡刑清徵稅以時民困大蘇定遠志

張日盈福建同安人萬歷三十三年以舉人知靈璧縣始至即下寬恤之令時河工興作動派里夫民苦額外之徵十室九逋

靈璧志

日益請於上官第用帑金招募或願赴役者如數復其身上官急催役日益又具靈璧饑窮狀請寬之以賦不及格轉下官老幼泣送爲立去思碑 福建通志

范金山西絳州人萬歷三十三年任懷遠主簿治農攝捕人稱勤慎 懷遠志

何其元湖廣靖州人萬歷三十四年任靈璧教諭操履端介經學淵粹惓惓以振起斯文爲己任閔學宮傾圮捐俸倡修在職三載多士賴以有成 靈璧志

王澤民廣西全州人萬歷三十六年由舉人知靈璧縣鋤强有風力未久被論去 靈璧志

諸葛昇字孟旭浙江壽昌人萬歷三十八年由選貢知定遠縣加意農政給種墾荒暇則集諸耆老授以種植法濬治陂塘旱耗有備 定遠志

彭汝賢天台人舉人萬歷三十八年知壽州簡素淡泊綜理庶事悉中竅要課士得人催科不擾民受其福 壽州志

高懿北直隸甯晉人萬歷三十九年由選貢知懷遠縣以明斷稱 懷遠志

萬嗣達德安人萬歷四十年由舉人知鳳陽縣勤政恤民條鳳陽七弊民間疾苦洞悉無遺 鳳陽志

紀孟禮江西永豐人萬歷四十二年由進士知定遠縣敦樸重

士綏征簡訟嚴治隸胥與百姓休息懷遠志

王可舉四川崇慶州人萬歷四十三年以舉人知懷遠縣慈藹平易有古循吏風懷遠志

閻同賓鄭州人舉人萬歷四十三年知壽州修學造士除奸卹民壽州志

陳泰交福建莆田人萬歷四十四年以舉人知靈璧縣洸毅明敏革錢糧催頭之包收者令花戶自投匱銀一錢以下許納錢以免傾銷革伏水河夫馬戶外幫與里甲各色科擾歲省民耗費無算行條鞭法平丁賦大蘇民困流亡復業者數千家先是杜冠時草縣志未就泰交續成之既去民立去思碑靈璧志

袁文新字又日福建甌甯人萬歷四十七年由舉人知鳳陽縣以土堉民疏旱澇無備力行區田法於焦山王莊設廬舍開溝洫置牛儲種招徠流亡教之耕種成效頗著鳳陽新書載文新申請開墾公文帖云焦山古荒田計一千畝分二十號招農戶黃應中等二十家每家領官牛一具給田五十畝以四十畝爲私田農戶自耕自收無差糧十畝爲公田官收籽粒合二十家領私田七百畝共耕官田二百畝官田之入除完糧麥馬餉外所收稻麥雜糧建倉貯之以備荒歉又建因利堂官房三間民房六十四間鑿井五圓池一溝洫五百丈造農器分給衆戶旱晚二稻黃黑綠豆瓜瓠茄菜蘿蔔按法布種桃李棗杏梨梓柳榆諸木植之隙地其王莊五鋪荒田約十頃餘一如焦山所行之法

鳳陽設縣二百餘年張雲翔始創縣志嗣達賡續猶未賅悉文新乃裒輯古今事實爲新書於有明一代掌故尤備鳳陽志

張中蘊永嘉人萬歷四十八年以進士知懷遠縣居官耿介不

攜眷屬一綈袍數年不易歷知鳳陽府江南通志舊府志

吳振纓字長組浙江歸安人萬歷四十五年以舉人任靈璧教諭循循善誘多所成就先後與知縣陳泰交別如綸同官各因性而調劑之惠及於民佐泰交編訂縣志辨論多美其去靈也邑人爲立生祠靈璧志

別如綸湖廣景陵人萬歷四十八年以舉人知靈璧縣時値加派遼餉如綸申明大畝小畝之誤得改正虛額歲省民間科斂四千餘兩均里均馬百廢具舉擢知懷慶府靈人德而祀之靈璧志○志又云府志言如綸增修縣志考陳志脫藁於萬歷已未之冬刻成於庚申之春如綸即以庚申到任不應有修志之事府志又言邑人立祠合祭別如綸吳振纓按吳君自嘲詩序言靈璧爲不佞立生祠二而詩中自注云時別大令楚之景陵人是吳君作詩之時正別君宰靈之日豈有祠合二人而吳君獨擅爲已有之理或者先爲吳君祠而其後合以別君載筆者殆未詳考也

陳永直蒲州人萬歷中授鳳陽捕盜通判執法嚴峻初至獲劇盜折其脛沈淮水中四境肅然江南通志

上官惠翼城人萬歷間判壽州廉明不苟革收糧積弊祀名宦壽州志

王之官直隸柏鄉人萬歷間由歲貢任懷遠訓導質行闇修爲後學矜式懷遠志

范世楨字獻吉萬歷丁酉舉人于壽五年慈惠風教淪洽諸生諸生感戴之性方正言論侃侃仗大義以振孱弱周執蓋之貧

喪葬學宮之傾圮光明正大以御州大夫至不輕一刺以煩大夫之記室儼然有文正公之遺風焉（方震孺壽州學正范公去思碑記）

黃奇士字守拙眞陂人舉人天啟元年任壽州學正創建循理書院與諸生講學著有語錄州人范崇禮以疑獄問抵生員田茂被誣死奇士白其寃崇禮得釋誣茂者抵罪祀名宦（壽州志）

呂封齊山東人天啟二年以進士知鳳陽府時白蓮教猖獗山東逼近鳳境封齊躬擐甲胄率衆固守民賴以無恐又青山口有僧指木像稱都雲相公煽惑遠近盜賊乘機四起封齊火其像罪其僧而亂遂息（舊府志）

張鏡心字湛虛河南磁州人天啟四年由進士知定遠縣下車

即核累歲逋支二千金報上舊逋可免者概請豁之明而能斷他邑疑獄兩院多移使平反（定遠志）

史諫湖廣安陸人天啟五年由選貢知懷遠縣平易近人士民安之（懷遠志）

范紹裘浙江會稽人貢士天啟七年以通判署臨淮縣知縣（鳳陽志引臨淮志）時鎮守太監劉鎮建魏璫生祠於臨淮紹裘不肯屈膝世服其勁節（江南通志）及掣鹽操江劉某勢炙手勒令多免割沒鹽斤紹裘亦不顧忌者欲中以危法會璫敗得免白蓮教煽亂入境紹裘督鄉勇日夕防禦民賴以安逮流寇至鄉勇猶紹裘所練城得不破（鳳陽志引臨淮志）

郭宗振陝西人舉人天啟七年知壽州治城濠革行戶州人好訟嚴治其尤民罔不戴壽州志

祁承爜字爾光山陰人天啟間知宿州士民感德惠建祠於北門月城內宿州志

晉承忠山西洪洞人舉人天啟間知宿州剛正不阿百廢具舉初驛馬養在民間州七十二里里畜一馬上戶認領中下戶協幫設隸二人往來催辦戶不聊生承忠惻然憫之詳請歸官將場田計畝科賦分派民始得安

國朝知州李允升建祠四時展祭咸豐中祠燬於兵事平重加修葺宿州志

朱國相陝西榆林人由進士署正留守事舊府志崇禎八年賊由壽州犯鳳陽鳳陽故無城國相率指揮袁瑞徵呂承廕郭希聖張鵬翼周時望李郁岳光祚千戶陳弘祖陳其忠金龍化等以兵三千逆賊上窰山多斬獲俄賊數萬至矢集如蝟遂敗國相自刎死餘皆陣沒明史忠義尹夢鼇傳又有留守中衛指揮陳宏道同國相戰死舊府志○志又云按近日紳士所錄朱國相傳傳國相北平人中都正留守以內艱去任已代交乙亥正月吉賊張獻忠將寇鳳起公苫塊中上元前二日誓師鳳營率二千率皆市井紈袴西向迎戰過劉府十餘里大眼山側會大風霾軍士倒戈者將半公血戰自辰至晡斬數百級賊勢愈眾公乃大呼高皇帝泣曰臣力竭矣遂遇害至今劉府人猶能指其處難處又尹端輓國相詩公本燕薊兒此云北平人與詩合而府志謂榆林人蓋誤也

顏容暄福建漳浦人進士復聖裔崇禎六年知鳳陽府八年流

寇犯境容暄遣兵助朱國相戰聞敗容暄冠帶坐堂上賊至罵
不絕口賊殺之火其屍於堂階石上血漬成形郡人取石立冢
建祠祀之舊府志　志又云顏公之死與明史忠義尹夢龍傳異邑人尹端有詩辨之
張國翰鳳陽衛指揮崇禎八年流賊攻城督眾力戰退之十七
年劉良佐叛兵攻城又募敢死之士縋城出戰城以得全江南通志
高達湖廣襄陽人崇禎七年由選貢知懷遠縣慷爽有才氣不
避強禦明末流寇入境達設疑兵走之
國朝康熙丁巳士民追念前功申請祀名宦懷遠志
陳邦翰湖廣澧州人崇禎九年由選貢知懷遠縣慈祥平易以
流寇焚燬署公物降職歸民建祠祀之與何立潘登貴合爲三

侯祠舊府志
趙伯里字星門江西南豐人崇禎十年由舉人知定遠縣縣屢
經流寇禦備嚴密城賴以安定遠志　志又載方震孺趙侯第彝德政第一碑記曰前漢稱西曲
陽郎斯邑也邑距荊塗之南淮汝之右嵐秀團聚謠俗醇游我
皇祖龍飛潛邸於邑之西郭比於新豐盛矣自降萬而來澇熯
嘖嘖多事於時乘傳旁午若楚粵黔滇等省莫不由斯道焉
居者剝牀以實漏行者重繭以履霜而定始苦於奔命迨及昨
春寇厄益甚緣邑四境兩遭寇虐城鎮墟市十室九空其景象
荒涼乃吏有鄭圖所不能繪者且兼戎馬經過凡撫總台司塘
如旅寓傳遽之煩動計數千業支吾難措矣而民所最苦莫膠
於鋪行一役蓋交餽庭實必取之行戶共儀蚨收受則必經胥
役之手故其弊有不可勝言者焉如米棟則咪謬云說粟麵瑩
於雪猶憎飪滓他如醃脯殽核之細吹毛索瘢額外之費踰於
正局慾稍不饜即肆毒如荼以故一輪此役非牛破貲本便瑾
戶以逃邑中近多罷市爲是役也日者幸得天寵適上命君侯
捧檄涖焉侯甫下車甘澍隨注其一腔仁育至意早已盎溢丰
容間未幾祗謁郡司宜有羔雁左右以鋪行往例請侯毅然斥

之日吾幣將之典吾民也歟故諸行白亦以例供侯去之日吾備牘儀奚勞爾眾於是數十年積弊一旦革除靡不舉手加額捫心感德矣邑人彭志遠猶恐口碑易諼爰請勒石冀垂不朽也況君侯德化纔足半期善政疊起三異邑舊城卑薄侯方巡眎郎躬督修營濠濬而深墉崇而固土著恃以不恐此一快也邑舊乏武備侯初較閱即命匠冶爐炮石夤夜干旌變色守陴藉以賈威此又一快也邑舊有保甲民兵之役徒取具耳矣一訓練即振作驍騎比戶編排稽詰恐飭奸宄無所遁而民間始帖席矣此亦一大快也至於削解面則公量在官理歸有則造繳明允平物價而貿易無私祟秏羨而衡法有準進多士於春風觸胥吏以秦鏡善政新猷俱堪即往哲而亦束賢錢諸珉以作法不亦宜乎余介在鄰封芳名貫耳頌因邑民之徵而敬應之夫侯治僅數月而嘉美種種若茲蔚是及瓜當有史不勝書者故稱第一碑云按此記孩未集不載通志引一統志

唐良銳全州人崇禎中靈璧知縣十五年流寇陷城抗罵死安徽

王世俊字鳳洲山西蒲縣人崇禎十年以貢生知靈璧縣受事於寇變之後修城池設守械各有條法尋被議去逾年辨明復任益厲前功袁賊大至世俊與團練將鄧世本百計守禦賊環攻六晝夜少懈世俊募壯士夜擊走之靈璧志又載邑人陳三重王君生祠碑記畧曰靈邑介河淮波臣時警歲比不登民流亡過半其無能修池隍弗能禦寇來無所捍蔽崇禎九年之正月十年之六月九月寇凡三至盤踞焚戮居民殆盡公來莅茲土謀所以安集之乃招撫流亡而告之曰事勢至此計惟築城與爾效死守他無可為者民皆泣曰願受命乃出橐金鳩工庀民之效力者隨其願而弗之強經始於今年正月告成於四月選丁壯習兵衛經理火具神鎗弓矢之屬為戰守備又以其暇置義學教邑子弟以孝友忠順之道收非遺骸拊循彫敝邑之士民僉曰侯實生我乃立祠尸祝之庶幾甘棠遺意云爾碑建於崇禎十一年故所載皆被論前事又西關外有德政碑未云賊內既有生祠猶不能已於情故又鐫石以誌不忘可見君之惠澤郎初任時已入人深矣

非祖誼成都人崇禎十五年知懷遠縣甫下車即設計擒崔乾

兩劇賊以卓異聞（江南通志）士民建生祠祀之（懷遠志引舊縣志）

李彬雲南呈貢人貢士崇禎十五年知定遠縣時流寇[illegible]肆彬修城練兵廣儲積招流逋調停總鎮黄得功及諸將邑賴以全十七年擢知壽州祀名宦（定遠志）

劉純慶山東舉人知壽州嚴正不阿慮奸役擾民令訟者自持牒以木皂隸送至被告者之門詰朝聽斷剖決如神（壽州志）

袁𦐇舉人知壽州剛毅明達吏民畏服歲歉多疫賑粥施藥全活萬人（壽州志）

張鴻勳鄭州舉人崇禎間知壽州威惠並行尤加意學校兵民交訌善爲調劑歲饑親詣四鄉察被災者以聞詔蠲租之半民

沾實惠卒官殯殮不備州人感泣（壽州志）

朱日燦崑山舉人崇禎間任懷遠教諭廉靜和易甄奬士類（懷遠志）

左君顯江西太和人崇禎間由歲貢任懷遠教諭方正不阿學宮多所修建尊經祠下有去思碑（懷遠志）

繆心得閩始人崇禎間任懷遠訓導忠誠和易士論歸之（懷遠志）

周沂字友沐（方孩未集作抃）湖北江夏舉人崇禎間任壽州學正乙亥流寇至有捍禦功著守壽紀略（壽州志 方孩未集壽州學正友抃周公去思碑記云人心莫靈者思思通則生而睿以作聖顧凿凿不發情想而寄籬穿戶貞明未逗惟夫穎辯膚達稱說詩書道法往古者於窗明几淨伏枕行眺之餘杲乎如登於天杳乎如入於淵不可止於力而可安於德不可呼以聲而可迎以氣從古堯禹湯文盡足寄思

獨至七十子服孔子雖流離艱阻弗易子貢氏推極心喪築以
武之無思不服噫嘻思過半矣丙子冬列支拚羽毛作士南守
二三子皆諸父老無容攀卧愛勒之石走蹕官下問訖以序賓
先生善最久且兄弟子往俱列臯比下竝屬思中人能作去思
語耳夫先生正心在中萬物得度道滿天下普在民所其美善
洵聚沙雖盡大參石驗謝公祖瀘其三大端以綴錦繝一則纍
寇奇其雨捍狡賊出士民於萬死一生之際而旗發矢石能不
愛物力胡亦不愛精血耶再則視篆奇其遷值畢代迪吉康於
王家靡室之秋而補救供億能不竝精血湧亦不貲譽耶再
則膠庠之改修奇其久丁敝靡立蹟巍巍於其間迪坊路之間而
工材勞逸之致胡亦不附於風雨不貲之歲月耶是其悠然繫
人思者也因比類而進之前文而較讎似不苦低昂也公則之
有以大服可思泣政而平反從不虞寬猛也恩怨之與爲交說
可思行戶取給亦多惟正矣思彼樂輸之獨能恐後匠卒鼓築
亦極紛擾矣思破子來之罔弗及期扶文弱而鋤及巨猾則思
俛首伏誅者之帖然無後言奠城社而斂及望族則思慨濟者
之欣欣有喜色學台或以植款禾而索根莠必再四不獲已而
一應仍預爲市告以示與衆共礪一時感憤者爭愛吾鼎不忍
相負下帷則駸駸勉圖逢年爲敬遠謀此又教思之永世無窮
者矣至若文境及墨妙筆華諸弟子能以擬管時思焉而非
爾所及也比行之魁天下館閣上選方慮在常此中士民猶疑
以甲第使入公快借冠蓋思之極而儀圖安渭之郇敎春芳同
於蚩蚩矣先生籍武昌江夏其初陳姓海內知有陳沂公繼乃
復周姓號支拚緊宗室名祖登辛酉賢書昆季悉鴻儒舉丙甯
馨斌斌國器接武快婿更黌彥計日沖舉蓋一門之盛爾爾甘
先生自瀘州來補壽鐸凡五閱歲于茲依寅鹿者前則燕中孫
先生青齊張先生繼則徽歙汪先生和含俞先生竝門雅望
異材爲先生濟美復得先生善視焉盍稱莫逆合竝及之云

葉文祥福建閩縣人崇禎間任靈璧典史流賊入城文祥率其子巷戰竝死之　靈璧志

國朝

史記功滿洲人順治初知鳳陽府瘡痍之後以撫綏爲事輕徭省賦勸課耕桑民皆樂業　一統志

張純熙眞定人順治間進士授鳳陽推官嚴明有守猾吏不敢

營私權要請屬概拒不應一統志

張啟泰山東長山人順治間知鳳陽縣當草昧之日撫愛殘黎

樊拔士類士民德之舊府志江南通志

潘登貴字天章四川嘉定州人順治二年以進士知懷遠縣時

兵戈甫定民氣未復登貴寬和鎮靜一以噢咻為治境內始安

沈鍾秀興濟人歲貢順治二年任調度有方民得復蘇宿州志

毛貴遼陽人順治初任壽春營副將值霪雨城頹貴借知州等

修之稱完固焉壽州志

王棐字再旦山東長山人拔貢順治初知壽州時流寇未殄村

廬焚毀棐下車以安養百姓為先務尤加意課士數月教化大

行黠吏頑民莫不改行壽州志

王業北平人順治初知壽州下車廉胥蠹為民害者立除之一

境稱快六年洪水驟至城門不得闔業挺身躍入甕城水中一

手持重賞一手持刀云用命閉門者賞不用命誅一時併力閉

門億萬姓得免沈溺江南通志

曹時敏遷安人貢生順治四年知靈璧縣時學舍邱墟時敏與

教諭沈御闢草萊創立先師廟行釋奠禮人始知有學靈璧志

徐必達遼東杏山人順治五年由貢生任臨淮縣先是邑苦徭

役十室九逃必達先請革除里排令花戶自封投櫃民困以甦

志

傳鎭國順治六年知懷遠縣積衰之後大加整飭驛遞則馬歸官養錢糧則里收吏解招流移重學校誅劇盜禁封船嚴越訴皆稱美政懷遠志

張育才壽春營把總分防臨淮順治六年寇犯江甯游騎抵滁州育才往禦之戰於彈子岡陣殁鳳陽志

李大升字木生山西猗氏人順治十年知壽州莅政精敏境內水利久湮爲重修芍陂躬督畚鍤田疇資以灌溉芍陂紀事云時芍陂久壞口決新倉河流淤塞公廣求民瘼洞悉利弊度地量工遴夫千餘疏河一百四十餘丈築新倉東子門二口高厚俱十餘丈是歲夏旱惟安豐有秋復修減水閘疏中心閘溝利垂永久清里甲革耗羨誅鉏姦蠹捐貲修學建東西齋舍集諸生獎誨之一科獲雋者十三人爲州中盛事江南通志

周永祚字允卜北直永甯人順治十三年任壽州副將廬壽閒劇盜橫行永祚誅鉏殆盡容接儒士彬彬盡禮有雅歌投壺之風壽州志

原合瑾陝西蒲城人順治十八年由舉人任懷遠縣寬仁有惠政懷遠志

劉名世字賡揚遼陽衛人康熙初年知宿州鋤奸剔弊四境肅然宿州志

聶士貞字元次監利人康熙七年知定遠縣先是邑苦逋賦或

株繫無辜士貞盡省釋令以限完納逋戶感德輸賦倍早期年
流民盡歸田畝墾闢因崇學校獎節義優耆老邮煢獨事簡民
安鞭笞不用以憂去官士民號泣遮留三日方出境江南通志
馬驌字宛斯山東鄒平人康熙八年以進士授淮安府推官裁
缺改知靈璧縣靈璧志蠲荒災除陋弊刻石縣門歲省民力無算
流民復業者數千家既卒官靈士民皆哭且號於上曰願世世
奉祀於是得部檄祀名宦施閏章馬驌墓誌銘府志載驌革除雜項申文查得靈邑
凋殘之區地瘠民貧卑職自去秋履任目擊土田荒蕪居民寥
落乃初任之日邑民猶循供柴供菜之陋規除立行遣斥出示
通革外一面聚集士民訪問合縣利弊彼時通邑人民尚未能
盡諒卑職之心猶瞻顧囁嚅似有不敢盡言之狀卑職開誠諄
切再四詢問始進言靈邑之大弊莫甚於雜項也計雜項之名
目甚多或自明季相沿或係歷年增設日復一日姦弊叢滋從

前有司以居官為傳舍未肯留心民瘼而猾吏姦胥又利於多
事不曰成規不可廢則曰懸項無可償掣肘朦蔽以致莫可究
詰其徵催里役因而科詐無休前項未清後項復起百姓終歲
煩苦無有寧息之日情願每畝鞭銀一兩外貼雜項銀三四錢不
等先飽里長之腹卽有土豪劣衿刁頑健訟之徒亦從旁挾詐
分肥而包攬之弊遂牢不可破矣卑職察知此情痛民力已竭
何堪再為剝削雖陋規起自往年然既曰民之司牧而因循遷
弊不能痛為釐剔失察之罪究將安歸況事非旦夕胥吏習慣
性成卽反復諄諭年迥未必革心必須一量寬勸懲斷行庶
幾積習可破民利可興先為痛革行后一切日用所需發官銀買
辦從前派取里甲銀硃紙張氈條門柴之類出示悉為禁革嗣
徵之日取司頒法馬當堂較發官戥刻示偏貼鄉村嗣後禁包攬
永革火耗花戶自封投櫃如有需索者鳴鑼喊稟行之一月民
知信從矣隨查積年現行事款凡不載全書爾為非例者以次
革除而先急其屬民之大者一去認皁之害一去里役之害一
去歲修夫之害一去鄉勇之害一去驛馬之害一去縣馬及馬
夫之害一去輕齎外派之害一去額科外派之害一去正耗溢
派之害一去商稅濫派之害一去奏銷錢糧例外增加剋扣由
單司批紅簿一切雜派之害以上各款皆從前紳耆所開到者
也一查得淺夫外幫每年重派里甲無賴衙役夫役土棍包攬需索

歲費民財千餘兩皁職僱募確實夫役三十名發赴河工其食按季解發永不累民一查得春秋祭祀從前科派集場差役騷擾需索皁職悉發官銀置買永不擾害集場以上二款淩縣詐等未及條列者也皁職凡除一弊必諄切誡諭出示通詳務令家喻戶曉行路之人皆可執而問之常恐耳目不聞詳敬復作防姦無異防盜年餘以來歲血嘔心形神俱疲凡諸弊盡去所利者蚩蚩之愚民耳所有姦胥里蠹土豪劣衿刁頭健訟之徒皆在所不利皁職既已明言革除豈肯甘與行違尚留不盡之弊以爲此輩之口實乎恪遵公令森嚴仰承各上憲誠告之諄切凜凜畏懼則無須越言常以自羅罪戾是恐此可有善政之可垂乃淩縣詐等輙爲列款上控巾瀆憲聽請勅石以垂永久者此無他飢渴者易爲飲進憔悴之民易爲惠也憲批確議到縣該皁職查七民呈稟緣由以爲靈邑路當衝要供億頻雜亦有全書不敷及萬不可缺之費一旦盡革恐難持久後來者又開科派之端不如酌省往年濫派十去其九閤縣讙抬以爲定規皁職反復思惟事雖出於輿情跡有違於功令凡去弊不絕根株恐將來流弊有莫可底止者因議正供錢糧每年照依全書由單派徵一分止收一分與全書果有不符者另行通詳非全書所載者盡行革去百姓比完正供嚴禁輙拾求有上瀆公呈情節未便允行申詳本府轉詳藩憲蒙批據該縣詳議非全書所載者革去與全書不符者另詳止辦正供嚴禁輙拾即此是可行永久之善政矣仰府飭令勒石縣前以順輿情取具遵依報查除皁職遵依憲批現在列款勒石外兩查淩縣詐等三人實係鄉民所言皆公事今蒙憲駁何止三人乎公該皁職隨拘面訊據供原係闔縣公議因院省路遠盤費艱難止議三人具控合將所控各款逐細登答連人解赴憲臺再訊伏乞照詳轉達施行

魏宗衡江西廣昌人康熙九年由進士知臨淮縣廉善愛民崇重學校縣屢經兵火逃亡殆盡包荒賠累幾三十年宗衡申請蠲除又請增紅心驛馬實心實政民困以蘇鳳陽志

呂雲英遼東蓋州人康熙十年由廕生知宿州敏達任事撫字勞心宿州志

于鴻漸四川營山人康熙十年由舉人知懷遠縣和易清廉邑

民歡戴懷遠志

沈宏舉字酉山江西南昌人武進士康熙十一年知宿州十三年劇寇王功九數十人犯境設計擒斬無噍類宿州志

丁耀祖奉天人監生康熙十八年知鳳陽縣縣遭流寇蹂躪戶口凋耗承平以後日漸生聚多以土疆爭訟又明時民田本無賦稅

國初人各領地納糧中多隱占耀祖爲立程度躬自履畝勘丈造魚鱗冊除古荒外今民報墾升科各安其業至今利賴鳳陽志

馬汝驌旗人康熙十八年由例貢知懷遠縣幹略精敏能應煩劇縣經明末兵燹經界不正豪强兼并寖至有糧無地地少糧多逐年積欠公私窘殆汝驌詳上官清丈荒熟無遺編冊存庫樓民有爭訟者輒曰縣官清丈冊可考也懷遠志

曲震字泰升奉天廣甯人康熙丙辰進士十九年知定遠縣縣南城利涉大橋爲七省通衢歲久傾圮震下車即鳩工興修之陶壩在南城外三里許受西北諸山泄灑南來之水境內瀦之可灌數千頃因壩廢將百年震欲興築當事以爲難震曰吾不爲其難誰爲之者爰仿古制廣丈許高六七丈不彌月而工竣鳳陽中左右三衛屯田値縣西北境南懷遠衛東南英武飛熊二衛中更兵燹戶口逃匿康熙十二年英武飛熊二衛歸併縣治十八年鳳陽中左右三衛懷遠衛亦來併震招撫散亡流民

復業又備縣志零佚延邑人蔡潔凌森美王溥等重修之在官七年士民戴德爲建長生書院於南城外定遠志

高其佩字韋之遼東鐵嶺人康熙二十六年由廕生知宿州廉明有守弭盜安民循聲懋著宿州志

黃啟祚湖廣應城人康熙二十八年由舉人知懷遠縣莅里役行小單民便之懷遠志

顏伯珣字季相山東曲阜人貢生康熙二十九年任壽州州同廉潔自好聽斷如神三十七年修芍陂躬自區畫無間寒燠歷四載乃竣著安豐塘志民立祠祀之壽州志　芍陂紀事云伯珣監修芍陂役究其廢壞而熟籌之早作夜思盛暑祈寒不少懈自康熙戊寅訖癸未七年焦苦陂制改觀方工之興民勞而怨及其已成環陂之民無不樂其樂而利其利公之心猶未已也每春親巡堤上悉其隙損夏秋更歷壠畝視水消涸則發鑰啟閘務令利均至冬備舟按驗稍不完者補葺之爲來歲計或乘肩輿或拕小舟時而散步問疾苦抑豪强適宜經紀也

張宣字儀陸山東濱州人康熙己未進士三十一年知鳳陽縣振文教鋤奸宄儉樸無華嚴以禦下邑匪陳九積惡不悛宣給之至歷數其惡跡杖殺之民皆感頌鳳陽志

林逢濟福建晉江人康熙三十六年由舉人知懷遠縣發奸懲惡四境肅然興學造士多所成就懷遠志

王帝臣正白旗人康熙三十九年知壽州四十四年大水奸民乘間竊發帝臣日夕巡察懲惡輯善詳請賑恤民賴以生壽州志

林應春福建福清人康熙四十五年由進士知定遠縣持躬清

約御下仁明定遠志

許明儒涞水人康熙四十六年知懷遠縣四十八年縣奇荒明儒撫卹平糶民慶更生以事謫戍南宮就道之日士民攀轅號泣餽贐者數百人邑人楊麗洲等送至戍所始歸懷遠志

王紘山東膠州人康熙四十七年以進士知臨淮縣甫下車淫雨彌月二麥盡死百姓流離紘力籌賑撫民得安堵建敬業書院延師教授明　惟提誨娓娓不勌宅母憂僑居書院士民餽薪米者不絕累遷安徽布政使雍正十二年巡撫安徽捐銀爲書院膏火經久之費今淮南書院田猶紘所遺也鳳陽志

張景蔚字少文漢軍鑲藍旗人康熙四十九年知定遠縣縣新令至所需器物向取給商戶景蔚曰當此民力維艱寬一分則民受一分之惠吾忍以是苛累吾民哉遂捐奉革除之縣里丁田吏役多隱强欺弱因緣爲奸有田連阡陌無半丁之稅或無尺田寸土反納數丁景蔚概請豁免約五千人前令墊民欠銀千九百兩令之子欲於各里徵還景蔚曰吾民屢遭荒耗正賦向不及額何論此項上官屢飭弗顧也又代民完漕糧六百餘石居官二載興學育才緝暴安良善政不可枚舉定遠志

吳錫照山東東平州人康熙五十年以進士知鳳陽縣治事勤敏案無留牘邑有新紅舊規科斂里下胥隸因緣爲奸錫照始革除之民戴其德鳳陽志

董鴻圖字樸菴浙江會稽人康熙五十三年知宿州勤事卹民

重修州志宿州志

劉鑑雲南楚雄人康熙五十五年由舉人知懷遠縣廉正愛民

教士不勸懷遠志作幸僅二稔振饑設學懷人尸祝楊丞斌書鄧賢錄後

唐暄號晴溪廣西全州人康熙五十九年由舉人知懷遠縣縣

志成明萬歷中至暄始重修爲八卷又修學宮建渦口浮橋自

題楹帖云誰謂民愚毀譽尚存三代直自知己拙先勞莫放一

時閒懷遠志志又載李佺占鼇塔記曰懷邑爲山水奧區其望塗山禹朝諸侯之地也其瀆淮水百川之所匯也土瘠

而瘠瀕河復苦泛溢賢司牧加意拊循始得安堵而一遇歲祲

哀鴻屢告蓋穀既窮之民易而哺飢餓之民難也我懷邑侯唐

公自庚子歲來涖吾邑壽晊王蒞春回黍谷凡惠農綏徐興學

造士諸善政無不次第舉矣壬寅春荒民乏之食公惄如調飢不

遑暇寐一日與邑之紳士聚於梓潼閣公憑欄遠眺指而示之

曰名山大川圖望森列一邑之壯觀也但水與雨下而山峙而

不顧亦形勢之不足也今渦淮合流而下中央突起一淵門當

水口余欲建塔於其上攬結兩山之秀氣堅引一派之清流凡

多植榆林茂樹映帶環拱則山川之形勢方能鎖鑰而益固其

邑之利也顧工費繁多非一人能濟若乘此民饑之時合衆

協力以興工役眾貧民之餬口有資事採饑之一策也事其

有意乎紳士僉曰是公之苦吾民於清整也士人皆贊安吾民

惠我無疆也凡在宇下咸拜公賜孰不踴躍歡欣公於是先捐

俸以爲之倡好義者皆樂輸貲爲助公測景開基築址於次日開

掘地二丈有奇土堅而基厚饑民爭來受役計口而哺計日而

餼門果義者數百人待衆火者數十家公託其事於余與明經

楊君鼓太學崔君正虬庠友楊君翼聖楊君俊劉君珮江君紹

崔君鉞同襄厥事經始於壬寅春三月閱三月越次年八月而

塔成階升七級臨水面上作砥柱於中流本救荒之善政豈直

一時之澤一世之利已哉語曰山高蔭廣河闊潤長公與之同

不朽矣邑之人士頌公之德

弗諼爰鐫之石以垂永禩

阮兆麟江西崇仁人雍正七年知臨淮縣清介絕俗積弊一空

興學勸農百廢具舉鳳陽志

徐亨時浙江錢塘人雍正九年由貢生知鳳陽縣居官清勤以慈惠化俗民不忍欺鳳陽志

武𡺎山東曹州人雍正庚戌進士乾隆二年知鳳陽縣剛斷有爲勤於民事重建縣學明倫堂佐鳳陽府濬獨山新河著有勞績歲水旱爲民請振全活無算鳳陽志

張國綱字振之漢軍鑲紅旗人由舉人授懷遠令以廉幹稱聽斷數載不寃一民乾隆七年縣大饑國綱按口給糧實心實政父老至今德之懷遠志

王錫蕃奉天海城人乾隆七年知宿州精勤有威稜續修州志宿州志

孔傳櫄山東曲阜人乾隆元年舉賢良方正十一年授懷遠令培士氣興農業持大體不以苛察爲能縣南木欒泉自洛河山北麓流入灌浸塘分注郭坡塘以資灌溉歲久地塞傳櫄相度形勢壅者開之自馬頭城南至滾水壩起水門閘凡十有二而復作均水約束民食其利而不爭縣北補溝河由渦入淮自抹河口塞清溝漲九𣲗十湖皆泛濫民尤苦之前明確山王公始議開濬至傳櫄而功克竣又修葺學宮教儒童陳禮器習樂舞皆如闕里志前此未有也懷遠志王文民慶壽孔公生祠去思碑記曰昔史稱何武爲七守所居無赫赫名去後見思嗟乎所居見稱或去而見說若夫後之[illegible]渦乎道道在人心已雖然所謂無赫赫名者豈謂守位謹常

旅進旅退云爾哉無亦以不矯情不釣譽至若惠政在民波人肺腑則居與去一也我孔公爲至聖六十八代孫克稱賢少遊庠孝廉方正裒然爲舉首旋判廣德攝書牧宰五河仁政僅種督撫交章薦剡謂懷尤疲難非公不可帝曰俞遂遷懷令時懷自丙子以來高堰堅築罹水患者數十載凋瘵之餘鳩鵠堪憐民風日偷士氣不振公下車慨然以振興爲己任請蠲請賑歲歲皆然且視職其勞不令胥吏中飽復剏設勉敬書院延本邑太史敬思方公暨泰州孝廉宜平唐公爲多士表率士林彬彬郁郁雅雅魚魚即他邑諸生咸慕其化贏糧而至者不計其數往往掇巍科爲一時知名士且時招諸生於署頻行月課手定甲乙示以敦品之要上達之階忽然於禮園書圃斯文之盛洵前此所未有也先是文廟傾頹幾歎茂草公親捐俸葺而新之諸紳士皆踴躍爭先贊成盛舉公率諸生釋奠畢輒詣明倫堂講習禮儀觀者見其豐宇煥然典禮肅然遲遲宛然進退雍然咸嘖嘖稱羨不置公之化民也先禮而後刑不以聽訟矜能而老吏歎爲不如其情既得則必爲之反覆開導雖積悍越貉者多歎惜泣下相戒不出公門無茂陽陵之習時或靈雨既零輒乘肩輿遄來桑田親行勸課蒼生日有起色懷向多盜自公蒞任寬猛互用萑苻之奸漸知斂迹其有耆年碩德者每造廬訪焉鄉人驚歎以爲盛事其餘德政更僕難終父老能言之勿庸贅也無何大吏薦之擢清河懷之士民借寇無從攀轅祖道者擁裳連襼數百里絡繹不絕或生清河而觀化焉由是至清也値聖主南巡鑾輿迅速供億不及幾罹參罰懷人憂之未幾上復霽容擢爲江防司馬體同郡守例得晉階觀察並且任愈尊澤愈溥公天下之公非獨懷邑之公也而懷之人往往輒尤戴之深思之至愈久而愈不忘不得已爲之生祠建生祠其中以申朝夕瞻依之忱焉是役也遠近畢集不約而同吁乎阜鄉之爲難留南國之棠宛在覩斯祠也其如見公乎懷之人紛然來請爰述其意而爲之記

孔世學字武書江蘇長洲人乾隆十二年調臨淮縣承巽時官舍食鹽取給於市賈世學昌言罷之歲饉設法捕蝗爲諸縣最彭啓豐孔世學墓銘

何錫履江蘇丹陽人乾隆十三年任壽州州同修治芍陂不避

寒暑摧强扶弱惠澤在民壽州志

狄寛字元博江南溧陽人乾隆乙丑進士十七年知鳳陽縣居心廉正事無巨細皆親裁決鳳陽志擢鳳陽府淸軍同知歲饑從一僕四胥親別戶口以賑不足輒捐俸飛蝗起督吏民捕之夜禱八蜡廟晨興神鴉蔽天蝗委地藉藉半日盡衢達九省驛傳不累民自上官從者迄過客飲馬輒去之呂星垣狄寛墓誌銘

貢震江陰人乾隆十七年知靈璧縣愛民如子長於治水著河防錄河渠原委二書一縣水道瞭如指掌安徽通志 震河渠原委跋云靑門邵君與余同志於濉河大工案內請帑濬南股河北股河南沱河北沱河岳家河房村河又借帑濬馬路溝其他田間溝洫勸用民力修治者復不下數十處五六年來曩余有志未逮者已舉行十之七八窪地屢獲豐收閭閻氣象大非昔比竊幸是編非已試不驗之言又志略四卷言皆有徵大要切於民事邵嘉吉靈璧志略後序道光三年祀名宦安徽通志

項樟江蘇阜甯人進士乾隆十八年知鳳陽府鳳陽縣志鳳故水鄉蒞任日值上游河決所屬大被而宿靈虹爲尤甚明年再被水又明年復水樟單車四出稽戶口招流亡振饑羸早作夜息寢食俱廢又請帑數萬金預購米穀貯諸倉濟輸運之不及存活無算民慶更生樟喟然曰是煦煦之仁也拔本塞源之謂何乃徧歷所屬審高下原隰循流溯源躬數千里而自宿州濉溪口下至靈璧霸王城積潦汪瀚道阻不通樟艤舟行洪濤中周巡諮度往復測探乃知上游之計在毛城鋪下游之計在濉河而

洪沱蕲岳及南北二故道皆淤水要津今壞不治亟宜塞毛城開濉河分疏洪沱蕲岳及南北各故道而多爲溝洫以入於支達於幹而歸於洪湖於是繪形勢陳利害條列千言請大府據以

聞得報

可丁丑秋九月用樟議舉工迨戊寅三月工竣是役也在鳳境者爲幹河幾爲支河幾爲溝洫若干爲閘幾爲隄若干丈役民夫萬計費帑金幾十萬有奇

特遣重臣同大府董其事分任監司牧令丞倅簿尉等官數十人而始事以蒇其事者實惟樟之力由是水患頓除歲獲有秋鳳用不困邵大業項樟墓表

費昭浙江人舉人乾隆十八年知懷遠縣嚴治詐誣縣無留獄時土豪呂爾誠尤横恣昭寘之法一時稱快懷遠志

朱扆江蘇江衛人乾隆十八年知壽州慈於臨民而簡於事上城傾圮請修工竣尚有餘石人請以治公署不許固請爲之會高家堰興工壽州例備石若干期甚迫石無所出扆焚香祭山匃工開鑿得積石數窖咸以爲至誠所感云壽州志安徽通志

呂轍字天衢山西鳳臺人以入貲選通判再署壽州州民吳姓被殺野田莫知敵讎株連逮繫殆數十人轍召里民畢會田間熟視一人曰彼殺人者訊之果伏乾隆二十一年監修鳳陽城

劉大櫆呂職墓文

余橫，湖南沅陵人，拔貢，乾隆二十一年至三十五年兩知懷遠縣。明於聽斷，胥吏肅然。興墜舉廢，士民愛戴。以捕蝗勒甲一省，擢潁州府知府。懷遠志

鄭基，廣東香山人，廩貢生，乾隆二十二年知鳳臺縣。下車問民疾苦。縣之東北鄉有通川三，曰黑濠，曰涇泥，曰窑溝，匯潁上、蒙城諸縣水以達於淮，縣人統謂之三河。歲久三河盡湮，上流水無所洩，秋雨暴漲，挾懸山反入之勢，爭注鳳臺，彌望成巨浸，農時失業。基相視地勢，以爲非濬三河則鳳臺不可治。時裘文達以戶部侍郎出治淮潁諸水，基具牘上請，而文達先時與江南大吏集議所濬地，獨不及鳳臺，疏稾已具矣。得牘，面詰之，基侃侃陳利害及畚掮木石之用、廣袤之勢、程功久暫之期，僂指無遺算。文達廉知君才，爲補疏如所請。基察土宜，穿故渠三，三河交暢，釃上游諸水以通淮，流不逾時。工蕆，文達亟稱之。縣偏隅有魯松灣地，遶於淮而地勢窪下，頻歲患潦。基曰：「順高下之性，下者受水，則高者成良田矣。周官水防之法可行也。」迺營高阜擲建隄，出廉俸爲倡，士民繼之。隄成，魯松灣遂成膏腴。二十五年知壽州。州與鳳臺接壤，故知壽。有安豐塘，周百里，灌田四萬頃，楚令尹孫叔敖所治之芍陂也。歲久塘圮爲農田患。基審覈舊制，復繕舊塘，爲水門三十六，爲閘六，爲橋一，其旁則爲堨爲堰

為圩啟閉以時汙萊悉闢歲登民和基自為文紀其事穆然懷孫叔敖之遺績焉循行阡陌見沙地磽确廢不治則以為古者瀉鹵沃瘠分植五穀宜做其意行之教民種山薯蕷佐麥菽俾無曠土壽州不知蠶織而地多椿樗可飼蠶迺購蠶種於山東教之飼養於是壽州農功桑功並興四民樂業鳳陽土性耕植所宜與江以南相近惟壤地平衍水無蓄洩歲苦旱潦民亦呰窳偷生輕去鄉里當事者視為固然莫為計久遠往者靳文襄嘗建議屯田鳳陽事中止基講求水利行之縣及州胥見其效誠推而廣之又豈獨鳳陽一府為當舉行哉（邵晉涵撰基墓志銘）

徐廷琳保定人監生乾隆二十六年知壽州興廢舉墜尤勤求利興州佐王天倪修芍陂民懷其德（壽州志）

七十一字椿園滿洲鑲紅旗人乾隆二十七年官壽春鎮總兵軍政整暇愛拊士卒於射圃旁構一室題曰白雲深處坐誦其間書聲達閫外著有西域聞見錄（壽州志安徽通志）

沈丕基江蘇吳興人乾隆二十八年知鳳臺縣有惠政時壽鳳同城文廟兩廡圮丕基倡捐修之（鳳臺志）

席芑（芑安徽通志作屺）江蘇吳縣人乾隆三十年知壽州政尚寬平澤以儒術輯州志增修書院濬芍陂蔡城二塘居官三年毅然以興利除弊為己任（壽州志安徽通志）

孫維龍宛平人進士乾隆三十一年知鳳陽縣以文學潤飾吏

治政通人和民歌豈弟鳳陽志

陳燕正白旗人乾隆三十二年任壽州鎮總兵弁卒畏懷尤卹民隱歲旱於烈日中免冠躡屩禱於山三日甘霖大沛壽州志

張肇揚山東莒州人乾隆三十二年以懷甯令署理壽州聽斷廉明政歸慈惠改普濟堂爲廣濟局增書院田士尤感焉壽州志

亢愫山西臨汾人副貢乾隆三十三年知鳳臺縣興文教纂縣志有裨風化焉鳳臺志

趙隆宗江蘇山陽人監生乾隆三十五年任壽州州同時知州鄭基興芍陂水利隆宗董其役守牐門無得私啟閉犯者必懲率民夫旦晡興築四閱月而工竣壽州志

章國茂乾隆丙子舉人以知縣試用借補宿州州判分防澮關無潰決患時詢民間疾苦諷重囚輒泣下其即事詩云水來天上狂須挽蝗起田間撲自難百里趨公忘足繭幾回問俗轉心寒其自述如此李元度先正事略

周洵江蘇太倉州人乾隆三十九年署懷遠縣時案牘塵積讞役姦民肆爲欺罔洵首嚴胥隸百弊頓革縣有健訟者三人欺懕慍愚見官則百計掩飾若柔懦重被抑者洵使縱言其道歸頭之洵曰言盡乎某曰盡矣洵曰許某一言乎某曰諾受命洵曰先責汝二十汝服乎某猶欲辯洵曰汝欲借周姓樹訟師招脾今碎矣三人者皆竄匿有無名男子被毆死於衈河北王文

俊地越日始知死者爲太平集周洪相距十四里洵閱畢先問屍親曰有讎乎曰無有常相往來者乎曰有洪妻叔段有福及驗傳問有福神色改常洵疑之即訊其[illegible]詳悉吐實未用刑而得其情人以爲神民王祥死小腹青有唆屍親王羅氏曰是也當誣以踢傷甚肯且年老婦人復何所畏王羅氏遂與諸官洵曰汝家有何人曰有姪羅升洵即傳訊曰非汝羅升老婦人何能告狀當夾訊升伏唆訟洵究唆訟之意何欲升曰爲姑老覓館資耳洵因王祥以陰寒症死某何尤據實詳結是秋旱購粟四千石平糶濟民日坐堂皇不留獄縱民觀之聽訟務得其實常至達旦課勸農桑勤而不勌去官日紳民奉酒醴以餞官道

撫兆麟方歸里於洵之行也取聖泉水貯玉壺成冰贈之懷遠縣志

張佩芳山西平定州人進士乾隆三十九年知壽州以文學爲治延亳州梁巘主循理書院士風丕振壽州志

雷元福四川長壽縣人乾隆五十年知懷遠縣苦水災三年斗米千錢道殣相望元福請賑躬爲勸輸賴全活者甚衆懷遠志

定柱滿洲鑲黃旗人乾隆五十年官壽春鎮總兵與士卒同甘苦嘉慶初帶兵河南堵禦教匪戰於光山駐防茨河淮潁賴之安徽通志

趙霦河南輝縣人舉人乾隆五十年知宿州明斷有爲恩威並著創建培菁書院丕振士風宿州志

蔡必昌順天宛平人進士乾隆五十一年知壽州嚴抑豪強愛民如子壽州志

李長安河南密縣人乾隆五十二年知定遠縣決獄敏斷案無留牘地當孔道京鑲絡繹民夫應役農時以廢長安集紳民籌捐購驢若干頭車若干輛以備伺應民得不困定遠志

張開仕浙江錢塘人由進士出知宿州會河決漲宿州料務開仕請蘇民困以去就爭之書七上事乃寢宿州志

倪廷謨浙江仁和人進士由桐城知縣調知宿州州辦公纛役強拉民車與錢則免廷謨乃通計各鄉車數若干編號挨次輪直出示曉民當直者自行赴官承應民踴躍稱便袁枚倪廷謨墓誌

國朝

高辰字白雲成都金堂人乾隆辛未進士官至安徽鳳陽府同知廉介自守在官不名一錢愛才如命獎拔多知名士時論宗之孫桐生全蜀詩鈔小傳

姚繼祖浙江人舉人乾隆五十五年知宿州校士精嚴人材思奮宿州志

孫蔦生山西興縣人舉人嘉慶二年以武川知縣署理壽州當官明決積牘一空每屆徵銀公堂設櫃聽民封納吏胥莫敢侵蝕百姓感之趨赴恐後壽州志

王集漢軍正紅旗人嘉慶三年任壽春鎮總兵統馭有方靜鎮不擾七年宿州亂偕廬鳳道珠隆阿剿滅之厥功最著壽州志

呂榮江蘇陽湖人舉人嘉慶五年署懷遠縣事年饑刀手盜孫玉林等刦奪於鄉廬鳳道珠隆阿捕治之餘黨猶熾榮甫受事卽飭胥役捕其渠魁三人指以蹤迹坐而待三刻而獲觀者驚爲神明又善發擿姦伏某邨者竊盜藪也榮夜往徧叩其門呼曰有竊盜事連若屬知縣愛若屬不忍胥隸之來索若也故自來若信盜乎皆應曰否請索諸家曰若信非盜明日當來縣質其誣不來則信盜矣必大索皆應曰諾平旦皆來則使人往索其家盡獲贓於窌中盜藪廓清某鄉人死於池榮驗之乃縊而棄諸水者莫知其由前一夕有見是人行沽於市賈之賣酒家曰故識其壺出其酒值十四錢文皆順治康熙榮曰惟兒女子

多好畜是錢是當以姦故齧訊死者妻知其夫故有所私遂之其家少婦應門室中几列五壺卽賣酒人所識窮詰之則以與姦故爲此婦醉而縊殺之其繩尚在縣聞云嘗行淮濱有漁人迎拜曰民故刀手也官來乃改業爲良民能自活皆官之賜也泣下六年春大饑榮率縣紳徐中杭劉天行輸錢賑濟分男女二廠區畫井然事集而民不擾有飛蝗過境不爲害懷遠志

沙琛雲南太和人嘉慶六年知懷遠縣壬戌宿州民亂距縣甚邇琛捐俸募鄉勇訓練爲堵禦計鎮兵至賊窮蹙就殲民懷遠之拒其衝也安徽通志

徐文烈紹興人嘉慶七年補龍亢主簿在任十二年有廉平聲

治市井無賴及草竊者不苛而嚴盜賊屏迹嘗以卓爲代理鳳陽縣事歸語人曰吾任事兩月餘如日負千金之重而登峻嶺也如黑夜航海但聞波濤之聲而茫乎不知其所之也比卸事乃如負重者得息航海者得岸今而後但守吾貧且賤者以終焉而已其知止如此沒於任貧不能歸（懷遠志）

李兆洛字申耆江蘇陽湖人嘉慶十三年以庶吉士改鳳臺知縣鳳臺爲壽州分縣民悍同壽而地特瘠兆洛莅任知苟陂在邑境勘之今名焦岡湖濱淮而山岡環繞易爲旱潦兆洛增隄防設溝閘督耕耘民以有歲邑多豪猾爲逋盜藪者相望嘗騎率健勇循行閭里每出不意得其魁又察其中有重氣節矜然

諾者撫用之盜以斂戢辛未秋百文敏任兩江督先是儀徵有劫殺巨案戕一家三命文敏偵兇盜爲蒙城人而匿鳳臺嚴檄兩邑限一月捕送兆洛偵知容隱兇盜之巨猾不受捕乃召撫用者至內室賜之酒饌曰吾當解組歸里門故與若作一劇飲受撫者怪語不倫請其故兆洛示以督檄受撫者曰役故知其人匿巨猾家然力不能取兆洛曰若力能取者吾早以捕事責若矣吾即去此若亦不能終作好人故與若作別耳受撫者嗚咽良久曰有一計或可試收役家屬於獄而發砵簽諭役往然三日不回則役死猾家矣役之妻若子可終身伺應夫人公子供酒埽幸得延宗祀兆洛諾之猾家距城二十五里受撫者即

日至猾家猾款之曰雲泥路隔已三載何幸臨此得毋爲儀徵案耶示以硃簽猾曰信在此可召出共飲而商之兇盜出則曰我公之新友彼則舊友且我一身而彼一家顧爲新友之一身陷舊友一家乎我即從入城耳次早猾遣長子二十護送至城門而返蓋兇盜至趫勁猾恐受撫者非其敵也兆洛初遣受撫者下鄉即於署內製堅檻並集皁者護者百餘人以需受撫者引兇盜至兆洛適在聽事讞他獄一訊名姓立檻解蒙城而身督護送鳳臺去蒙城七十里中道有鎮爲分界所檻車入飯店兆洛降輿當門坐環觀者如堵兆洛曰此巨盜斷不能捕我竟捕得若等知吾樂否取巨觥痛飲又命侍者酌飲其父老與話

嘈雜不可休醉甚乃升輿前行猾已遣數十健者來刼見兆洛擱店門轟飲遂出鎮外候良久輿過猾黨問檻犯何向不來答以隨後猾黨返至店則早已毀店後牆舁檻車前去計且抵蒙矣猾黨既返兆洛即改乘快馬疾馳至蒙會蒙令受兇盜詞聯銜會印通詳聲明鳳邑捕得遵檄交蒙邑轉解儀歸案返鳳次日兇盜越蒙獄蒙令先以虧缺奉督院嚴詰事未竟又失兇盜遂繯嘗曰鳳潁泗三府州揀集五千人可以方行天下然惟其豪能用之官用之必帥至千里外或客兵勢盛足相鈐制乃可否則驕蹇難爲降伏包世臣李鳳臺傳所著鳳臺縣志各論具有本末士林稱之唐鑑學案兆洛爲政務與民興利除弊用財則裒多益寡

不兢兢爲小廉小節以自立名譽每遇煩劇當機立決度不可行不發發則雷厲風行必達乃已故鳳臺雖夙稱倫瘠而在任多所興建無擾於民無輟於費無始作而終不行每一令下民莫不奔走承奉如不及薛子衡李養一先生行狀道光二十七年祀名宦道光二十七年禮部議准名宦題藁今查該省送到事實冊開已故鳳臺知縣李兆洛武進進士縣境民風不淸動輙鬬狠該故宦擇耆老數人勸民孝謹分俸以酬其勞又於距城較遠處各擇公所創設義學延師教讀邑與壽州同城又與蒙城阜陽亳州穎上連界俗多獷悍私梟往來匪徒易集該故宦捕獲首提朱紀等二十餘名又擒獲刁棍李虎孜等一百餘名私梟絕迹縣西有湖地一區相傳兵四民六而界址無考頻年結訟該故宦照舊志開溝爲界永息爭端他如濬涇泥河黑壕河裔溝河築焦岡等牐水患絕民利興勸修十議橋捐設恤嫠局幷境猶多仿照之者所有入祀名宦之處洵屬名實相符

孫讓字于丕常州陽湖人進士嘉慶十九年知懷遠縣縣邑濱淮西迫濠梁諸山淮流出兩山間狹不得暢多水患舊有十二門塘隄其外而引淮入之爲溉灌利歲久廢圮讓往來相視啟大府修復之民以饒益淮之津曰上洪水湍悍爲涉者病讓造船募櫂郎爲義渡行旅稱便文廟卑隘倡捐拓之制度具備邑志久不修延邑賢士大夫採摭文獻裒輯節義以示風動又招所知佐鉤稽載籍躬訂正之二年乃成稱佳志焉罣吏議去官逾年事乃得白仍候補安徽署鳳陽同知治官以通民隱爲務而實力行之不鉤鉅細碎博浮譽貌既悃愊口又吶吶不能道寒暄然見義勇爲較然不欺其志李兆洛孫讓墓誌銘

裘安邦紹興武進士勇力絕人道光六年官壽春鎮總兵御眾

有威訓練精勤汰除營汛朋削積弊親給兵饟不假手將弁故士卒憚其威而樂爲之用壽州志

朱士達字恕齋江蘇寶應人由進士用知縣分發安徽歷黟縣霍山南陵懷甯擢壽州知州壽州志興學校設義塾增書院膏火士氣蒸蒸日上州治向無試院士達詳請創建分棚考試士得免跋涉築芍陂隄六十里三百餘門以時啟閉溉田六千餘頃州東南界合肥民健好鬬士達嚴查保甲嚮屏黠徒游衆有斂迹又與民休息貸逋賦寬流亡清丈均稅務農省役民皆大和光緒九年禮部議准名宦題稿守鳳陽時肥亳之交巨盜李二容孜聚人衆鏁中上官檄廬鳳二守協緝士達督役往其巢盜伏發鎗彈將及身毅然不動竟獲之廬州守猶未至也府轄鳳陽長淮泗州三衛衛丁每勾書吏指民籍與軍籍同姓者簽作運糧旗丁本衛移簽到縣民不堪擾謂之飛軍士達洞其弊取歷年底冊核明鈔發所屬州縣飛軍之弊永革寶應軍隸泗州衛鄉邑且被其惠云鳳陽府壽州儒學公舉名宦事實清冊光緒九年祀名宦

周天爵字敬修山東東阿進士道光四年選安徽懷遠知縣勸民捐設豐義倉築陂壩八年調阜陽擢宿州知州兩江忠義錄到宿革一大害饟賦過境車出民間鄉保胥吏得舞弊民窮者數千百家首捐千金爲倡四方捐者萬金發典生息僱值多寡官不一分累民通詳各憲勒碑以垂永久周文忠公尺牘答周二南書尺牘又載與張既霑

書前宿州乘前任辦粜之後南北數十集紛然交訌案之府道
府道恐有科派開之胥役推諉誤公夫雖有諭令已乜行捐衙
數月將差籍一概焚之吾民曉然知吾心之無他也乃延眾耆
於公庭各領捐簿不數月而捐項至萬金之多遂設典生息其
利與坐支之項以之僱役綽綽有餘矣

興水利建書院治績炳然宿州志文忠尺牘答劉次白

書奎河入宿境道一大溝道光九年朱尚齋請帑八千挑奎下
流自林家口起挑二三里有如兒戲究其實奎河之害雖在宿
境而靈璧之霸王城於蝦二三十里是以支河淤河北岸河奎
河至林家口皆總匯一渠由東北不過五六里盡成平坦下流
高仰雖中腹寬濶泓深亦無能也今閣下欲宿境挑奎先商靈
邑與鳳陽守議挑霸王城澮塘溝等處則蕭宿水有出路而靈
璧復有不能下咽之處以洪澤湖泛濫故也然靈璧試能挑挖
亦正有益蓋宿靈一帶低窪之處伏秋禾無收理勢宜挖溝
水退必速凡受水之地變而爲陸仍可種麥二麥收後宜
不災反富饒矣此濉河以北北股支漲奎一帶之情形也若今之
春挑者在州城南北城南爲出路城北爲來源南北二三十里
東西八九十里爲水腹上承豫水來源大而去路小與濉北
形相同亦望收二麥而難保秋禾與奎河相隔其道絕不相屬
也又答宿州正誼書院宋院長書以凋敝之俗士氣委靡間有
一二向上者不過欲求速化之術語以經術行誼則無不河漢
其言面從而心誹者有矣誰能獨力振作不隨俗波靡乎今先
生以主講爲責似宜先正人心語以行誼經術其錮蔽未深者
必能感發振作無論拔十得五即百里一賢亦可謂不虛矣

十三年洊擢廬鳳道周文忠公尺牘附錄載任鳳廬道告示云照得爲政之道在官民休戚相關好惡與

同譬如一人之身一指之寒弗燠則及於其手足一手足之寒
弗燠則及於其身其血脈之貫通然也今則不然小民無日不
欲道其甘苦而在上者無時不思防其詐僞雖疾痛慘怛難聞
於耳亦先待之以不信之心於是冤抑鬱迫忿而思逞馴至不
顧其身倩刀筆而上控否則見官無可恃聚眾一鬨淋漓血刃
殺之以爲快所以案中釀案命中斃命一塊愁慘之氣烏得不
上干天和究其病源官非不知強暴者之可惡也大凡強梁無
不刁頑長官口雖不言心甚畏之一則畏其翻供而有失入之
罪一則畏其上控而有挾制之虞再則明辦一案而前任難當
其咎本任多受一累此心擾於利害左右前後無非荊棘矣夫
逐日以患得患失之心而與民情好惡睽違何啻千里其多計
勾距不以書役之耳目爲耳目即以家人之聰明爲聰明更主
張之以熟於趨避之幕友是猶以狼牧羊而豢豕問於屠夫也
嗟乎本道目睹斯民之愁苦極矣是以民之禍患我皆一身當

之從無顯處分爲身家之心恭逢聖人在上疊受非常知遇此時圖報愈難身命綏轄今下車伊始恐弱被害之家有寃難伸或畏其凶焰言出禍隨知官之無可恃也或患書差爲之黨羽百呼莫應而已先爲訟累苦也究之苦情尚不止是今本道爲爾輾轉思欲知民間疾苦莫若通上下之情自示之後爾左右村莊如有窩家窩匪遊手棍徒播弄是非之鄉保刀筆之訟師尤甚者蠹役盤踞衙門內勾外串家人社鼠室狐上騰下忍此皆有司甘心受愚而循沽之如驕子者爾等當據事直書指定某事某案不法之實迹繕寫小摺自註姓名無論士民逕來吾衙門密稟我以十民爲耳目庶或不至蔽惑聰明也歟設若言多游移神色張皇其詞支離閃爍我不免一見將爾扣住猶如飛蛾投火亦爾自取凡遞呈詞卸將管押者皆此類也爾有耳自當聞之切切此諭下車嚴緝盜匪治如律三鋪爲南北孔道地勢窪下一遇淮漲驛報阻滯天爵於三鋪通王莊之道修築二十許里往來稱便又以府城距臨淮十八里淮流中梗乃濬東門外河數里引淮水由老塘湖入迎水寺河臨淮舟楫

可徑達城下一時商賈頌德鳳陽縣志咸豐三年以兵部侍郎銜督防安徽天爵募壽州勇千二百人駐正陽時粵賊踞金陵僞都謀北犯淮上羣盜蠭起捻寇萌芽河南山東楓棚聚剽掠天爵捕討宿亳懷遠蒙城靈璧斬捻首牛文禮等五百人淮北大定陸遐齡定遠鉅盜也初以事下按察使獄按察使欲活之安慶破遐齡遂降返其巢號召數萬人劃地括民財恣掠衆呼之陸王淮上大震檄壽州知州金光筯擒之天爵復自戰斬馘千計夷其巢九月討捻黨潁州蕘於王市集事聞用尚書例賜卹諡文忠兩江忠義錄

舒夢齡字蘇橋湖南進士道光九年知鳳陽縣以民耕不得法

多歎收蔂湖南老農教之造腳車漕水溉田捐修大小溝門兩石牐置風車於牐上遇淮漲北溢時車水入淮人利賴之擢鳳陽府課士有法又著勸耕論以導民十六年授鳳廬道鳳陽縣志

王恩植直隸人寄籍揚州道光十年署壽州知州精勤敏決行部藏騶從遇農夫野老拊循煦煦訟輒面質數語決之胥吏不得爲姦百姓愛若慈父母泣任年餘卒壽州志闕文忠尺牘附錄載祭王安齋文嗚呼安齋大志未展而竟齎恨以歿然歷任數月精神誠貫於豚魚巨憝悉空於盜藪論功烈自當歆食茲土誌愛編民視彼佩玉長裾禮然木偶苟齊得喪榮辱觀之君爲未死彼爲未生忠魂亦可少慰矣嗚呼良哉尚饗天爵又爲之請於安徽巡撫鄧廷楨云王牧感恩圖報晝夜未遑自奉淡泊雖齊民所不能堪一遇公事則毫無吝惜其痛革大弊尤在於命案一到於落膝刻供必反覆一研詰此時既有把握而串牽之餘犯拖帶之弊証核稿時一刪輒二三十人以此鄉間不受惡役之苦歷任壽者數十年無有倫比其他思慮咸緒未施未竟七載良多矣溝渠塘堰其緝捕之能天爵亦有所不及以此判王湯陶識獨多遂爲忘形交此天爵在皖省十數年僅所奇許之一人雖對耀椿尚有不能逮者聞此次出門正當溽暑匹馬渡河何弱比臨岸無衣可換山出洪波又復無日之中自此得病不起今年春夜大風雨捕闔盟會天爵擬之雪夜擒吳元濟實後尤不能殲傾醬珥敵得二百金出月七旬老母無處棲服此公生前大不理於劣員之口或因饋送未周暗使黑幕在天爵前譏議四出謂天爵若保舉必受此公之獻累又謂獲犯多是違例管押而未報者當時即被痛駡語塞此人既見妒於生前又見阨於身後實屬可憫若不彰善何以慊萬衆之輿情可否專摺奏入名宦其事蹟採入國史用彰循吏至若該員老幼天爵准視力之所至斷不負我良友灑布真情淚與筆俱　光緒二十一年祀名宦

張清元字鏡川山西渾源舉人道光十一年任懷遠知縣歲饑大水竭力賑撫十七年知定遠清釐積牘督捕蝗蝻以米易蝗得不成災再調懷遠士民泣送之安徽通志

孟傳嶧字翠山山東鄒縣人道光二十五年知鳳陽縣愛民如子聽斷公明設義倉以備不虞築圩可亭於府縣兩城間休憩行旅民懷其惠安徽通志鳳陽縣志

紀瑛振直隸獻縣人道光二十六年任定遠典史咸豐七年再任九年捻圍城瑛振已受代獨與署爐橋主簿陳師感署典史傅桀梅助知縣城守城陷均死之安徽通志兩江採訪忠義錄

郭世亨字梅卿順天大興人道光丙申進士咸豐元年署宿州時捻寇蠭起世亨諜好百姓歌民多感化寬徵比時緩徵緝捕平獄訟研鞫捻匪無枉無縱五年卒官七年祀名宦安徽通志宿州志

金光筯字濂石直隸天津人由甘肅通判改安徽知縣署定遠補建平復調定遠威惠大著擢壽州旬日間庭斷獄訟百咸豐二年冬侍郎呂賢基薦其才

詔從大師征討巡撫疏留之三年安慶陷壽州奸民刼獄囚將為亂光筯方行巡鄉野疾馳還囚數人踰垣出手刃之奸民讋慴不敢發詰旦招士紳議團練募勇千修城儲糧嚴保甲備軍械不數日戰守之具悉完侍郎周天爵方督師淮上討羣盜定遠盜陸遐齡者眾數萬盜剽掠眾呼之陸王乃命光筯以三千人往討光筯曰遐齡踞巢穴眾鉅萬雖三萬人不能克也天爵大驚曰然則奈何光筯笑曰公無慮某當為公取之嚾某者光

飭戚曰啞不能言獨負奇勇名淮上嘗被短得行市三問之刃腰間飛行取人首莫敢抗光筋捕群盜輒呼啞者俱盜聞啞者至輒俯首就縲紲乃獨身微服攜啞者赴遐齡所在則有濠壯宅門內外刀戟密相望既入八八者蹤偶上光筋率衆間目陸王衆在遐齡殿其幹起立曰我是也則嗾啞者出不意斲其項七八者大驚爭握刀擬光筋則出珊頂逍案上抗聲大言曰我金某奉大帥命大帥謂遐齡豪傑可大任特遣某招之毒者啞某此

朝廷法非有他也敢動者斬遐齡畏光筋威習聞啞者勇已被繁動則為啞者害又聞大帥召將大用乃止七八者隨光筋行

至轅門天爵大喜跣足出見曰遐齡鉅盜降粵賊吾懼其南連衡為大患故星夜來此懼不克君嬰兒縛之吾何患哉旦日斬遐齡轅門外麾兵討其黨疏光筋於

朝賞花翎擢知府光筋既誅遐齡威震淮上復招降州賊談家寶鳳臺盜張茂並其黨各數千人皆效死於是兩年之間討平季學盛馬五陳常四汪履祥吳雲程尹傳寶等數十股其黨皆敗千百計廬鳳潁六之郊縱橫數百里土寇皆破滅而粵賊乃轥略淮南無完土矣當光筋之守壽也臨淮鳳陽懷遠皆陷沒賊距壽裁百里居民一夕數驚光筋監竹柵河口置水營八公山張旂幟嶺上為疑兵列礮台山隘賊望風不敢進是年冬巡

撫江忠源死廬州福濟爲巡撫明年春六安復陷於是四境皆賊羣賊方破廬州來氣鋭甚正陽關者據淮上扼南北關鍵距州城西六十里光節念守城不如守關則據關爲營賊大舉來犯戰方酣大雨鎗礮濕光節憤拔佩刀欲自殺左右請還城城陷死未晚光節然之乃設疑眩賊全師還賊疑伏亦退自是賊五犯正陽輒敗五年擢知廬州已受代壽民環泣郡堂下不起光節宵分輕騎出攀呼不得則大哭失聲光節亦涕泣馬上不忍去六年冬署廬鳳潁兵備道既至臨淮捻數萬縱横四十里逼我師光節令軍士列陣背淮水而軍及戰手鉅礮誤擊地地陷則祭礮再發血流數里賊詐敗分左右匝而馳令軍中截擊後隊至則令左右合擊之我軍呼聲震地賊大敗死者無算是役我軍裁八百人無一傷者鞫其俘則謂起事來無此創云七年二月羣捻大掠正陽關光節扶疾出大戰霍邱郊援賊至平城內無應者乃遣師城遂陷而粵賊師陳玉成復自桐城破六安水陸至正陽衆洶懼請退保臨淮光節笑曰是怯也賊且輕我吾守壽賊懼躡必解若城陷有死而已遂入壽州州民見於轟歡呼震山谷光節撫之曰若無恐吾與此城存亡耳誠闔城數匝城中喜光節至皆攘臂登陴輪弩擁治守具不令而集於是令壯士縋城出賊方食噪乘之敗諸南門外而賊則用隧道伏地攻益急地聽之地聽者掘深塹置水甕浮銅鉦其上令瞽

潛伏聽賊穴至即銅鉦作水漾聲其法始見墨子一日藥局火光筋從容獲賊諜數十斬之賊攻城多死光筋益列幟城上數易眩之夜輒募死士入賊營取賊首懸城上賊至夜輒驚伺有聲光筋笑曰懼我矣是夕天闇黑乃令軍士銜枚出設伏八公山而分三道襲賊營賊驚起走八公山火起伏作賊死戰竟夕剗其壘玉成潰攻凡八日乃收去論功加按察使銜賊陷去壽州則益萃正陽死守光筋則乘勝攻正陽連破賊壘俘賊將三進壁三十鋪別遣將率水師會黃天澗毀賊營四十斬四千人淮水盡赤環攻五晝夜三登三郤再鼓遂復正陽設屯守賜號鏗色巴圖魯初和春去廬州淮南將無出光筋右巡撫遂

命光筋統諸軍凡壽春川陝兵之在淮南者皆將之而劉耀分屯隨行裁千人隸戲下既守壽州復破正陽關追奔遂北賊遠懾不敢逼視於是光筋軍威騷騷出淮南北大帥上而是時李光受糾捻粵羣師往來皖豫之交烽火至南南武關首尾二千里未幾張落刑大敗三河尖東犯光筋出淮上拒之而實賊時光筋出潛師襲正陽正陽復陷光筋疾馳還至河口壘直破[illegible]壘抵北關大戰賊望風披靡曾都統勝保督騎兵攻正陽軍河北光筋上謁賊突至勝保合光筋禦之光筋立舟中左持矛右擁纛而上從者千人自辰至未戰不利勝保不能救左右衛冑趣之跳光筋叱之轉戰沒於河時閏五月四日也年四十二尸

屹立水中不仆前一日有星隕營西北光節日不日恐折大將至是乃自應之壽民皆縞素痛哭至今誕日士女詣其祠瞻拜不絕

詔視布政使賜卹特祀壽州諡剛愍襲騎都尉世職自光節沒淮上無大將苗沛霖遂圍巡撫壽州以叛而捻禍遂蔓延天下以故

朝廷尤悲之云同江忠義錄

袁甲三字午橋河南項城人進士咸豐三年幫同呂賢基辦理安徽團練尋署廬鳳潁道代領周天爵之衆四年敗賊正陽關移軍駐臨淮遏賊北竄七年助勝保攻張落刑於正陽關八年自正陽移軍宿州襲殲賊首乘勝攻七圩九年

授欽差大臣漕運總督克臨淮關進擣鳳陽鳳陽府縣兩城相距三里十年正月並克之督軍攻定遠擊退援賊陳玉成鳳境以清十一年遣兵破靈璧之賊九月疏請討苗沛霖

諭甲三督同李世忠調派官軍會同賈臻田在田嚴樹森毛昶熙等各路兵勇奮力追剿甲三遂檄世忠等攻壽州未至而壽州陷甲三攻懷遠適落刑將由長淮衛渡淮而北遂移軍擊走之駐軍長淮衛解散苗黨反正二百餘圩十一月克定遠同治元年以病開缺回籍又疏稱苗練終難就撫二年三月果復叛

命甲三在籍會籌防剿時病已亟猶日議戰事六月卒

賜卹如例諡端敏臨淮建專祠 安徽通志

黃鳴鐸蒙城人咸豐中官壽春鎮總兵十年十月苗沛霖將叛檄壽州城紳練赴下蔡領旗後至者斬部郎孫家泰綰防局不赴沛霖將千人犯北門察之而陰伏其黨城內副將徐立壯搜其黨七八斬之於是沛霖仇孫徐十一年正月大舉來犯巡撫翁同書駐壽州無如何則命鳴鐸將水師迎擊相持半月不得進則益增黨圍北門焚掠百餘里巡撫殺家泰立壯閧如故時總兵慶瑞博崇武尹善廷咸貳於沛霖巡撫乃罷鳴鐸以博崇武代爲鎮三鎮乃助沛霖攻壽州九月城陷南城守將朱景山死之鳴鐸守北門往救被獲刼具狀言壽州官紳勾捻陷城苗練克之不可則割耳燎鬚送下蔡與母妻子皆被害 兩江忠義錄

董瀓鏡桐城舉人官懷遠教諭咸豐七年賊攻懷遠瀓鏡奉檄守城有功加州同銜以知縣用九年賊復攻懷遠瀓鏡力守七晝夜地道陷瀓鏡亟衣公服趨文廟未至遇賊被害 兩江忠義錄

周佩濂字怡芳貴州鎮遠舉人咸豐八年署定遠縣九年五月捻寇襲得圍縣城登陴守禦圍解保同知直隸州六月捻寇勾髮逆復薄城下佩濂晝夜巡城齧指出血激厲衆心誓以死守賊用地雷乘夜轟塌城垣佩濂率士民巷戰死之是年七月奉諭官聲素好力竭捐軀不媿爲守土之吏贈道銜建立專祠世襲雲騎尉 安徽通志

賫爾識懷遠巡檢咸豐八年賊犯上窰殉難爾識官懷遠久民甚哀之云安徽通志兩江忠義錄

英翰字西林滿洲正紅旗人舉道光己酉順天鄉試咸豐四年揀發安徽以知縣用九年署合肥未幾攝鳳臺旋調霍邱苗沛霖者故鳳臺諸生也乘亂糾衆跨地數百里先後大吏皆羈縻之累戰功奏授川北道加布政使銜沛霖益驕公知其必變謁大吏極言之且謂速誅則禍小緩誅則禍大大吏以時事方亟猶藉其團丁爲枝梧佗盜之計未顯揭也十一年擢知宿州宿當皖之北境地廣民悍平時號難治道光中周文忠天爵刺州用法嚴峻宿人憚之軍事興文忠駐師於宿莠民不敢動及文

忠歿而亂作一城之外圩寨林立諸大將傅振邦伊興額等屢剿之迄不能定公奉檄攜一僕徑往貫賊隊直入城中發篋視事威信大行遂收湖溝澮河諸圩單騎徧造之圩中人久不見麾蓋卽羣呼曰好官來羅拜受約束公取其豪置麾下今宿州城南有英宿州單騎受降碑紀其事也徐子苓受降碑陰記受降碑者今撫軍薩爾圖氏英翰公刺宿州時屢平巨賊以活州人之人久而不忘故碑之云公功在平賊其平賊以能降賊其降賊以□雖□信其羣賊不以賊待民而以民待賊公所降皆巨賊靡然嚮名號碑不載降人姓名概從略者環州之賊皆吾民亂爲賊治爲民也旅之歸歸斯受之受之而全其爲民也故略焉州人之頭亦具之志也碑立以同治三年之秋高丈餘正書總八字下載後有過其碑下者讀而詫曰此英宿州匹馬受降處也古之留與甘棠並久矣公治行具州人之德政碑與予所爲方略記此碑之銘則以識州人之思於無窮焉因爲之銘銘曰長平之坑殺四十萬宿州之降活巨萬萬聳然碑石光動霄漢匪石之光公德

孔長坤可渤州人戴公如日月雖渙渙兮公之澤桑梓布野兮鸮音永革孰謂蚩蚩有异戕之天鑒雖遥聽茲制兮肯偵

某圩有反志親率數十騎擣其巢執巨魁斬之餘黨讋服苗沛霖遣黨丁潮臣踞固鎮以阻臨淮大軍之路公計禽之梟於西關沛霖稍斂跡而張落刑猶熾傾巢出擾蔓數十州縣僧忠親王督大軍分路進討屢戰屢捷落刑遁歸老巢同治二年春官軍破雉河集公撫降賊李勤邦劉添祥等爲用密授策禽落刑及其子潰義子王宛兒送親王軍正法傳首三省天下快之擢潁州府知府加道銜賞戴花翎始苗沛霖陷壽州忌蒙城團練綴其老巢不能使逵出也屢驅悍黨攻掠之公方經營宿州未遑西顧至是東路告定率宿部練丁出境馳援而沛霖已先踞

丹鳳集及穆張蔡諸圩扼蒙城之路公嚴隊城西以次克賊寨而城南諸圩皆反正旋署廬鳳潁道援統蒙亳諸軍屯小澗集破繪北宋家圩遂與臨淮大軍援公所部才二千人糧仗無轉運取給於宿宿民感公深竭蹶以應公日食粗糲夜宿露布帳與最下卒同甘苦每戰必出陣躬指揮偶小卻則馳十數騎陷賊陣時出其背而未嘗有毫髮傷忠親王按視知之歎爲奇才沛霖以大隊逼蒙城公遣部將黄秉鈞率親卒翼城而營爲蒙城之援賊黨陳大喜等驟合圍秉鈞與外營隔絶而公營益單壘戰無虚日猶時以騎軍齎糧糗濟城守者別遣副將程文炳克高爐集斬賊首高加逾月而總兵陳國瑞之師自山東至又

逾月而將軍富明阿之師自揚州至又逾月而忠親王大軍至遂解蒙城圍斬沛霖降懷遠潁上諸賊目撫圩寨之懷反側者皖北略定時二年十月也以平苗賊功賞格洪額巴圖魯光緒二年十二月薨予謚果敏並準於皖省立功地方建立專祠李文敏薩爾圖果敏公行狀

宿州英公德政碑　公咸豐十一年九月知宿州時亳州逆匪張落刑方猖獗撚圩林立良民皆爲所脅公甫至即匹馬赴西鄉剴切勸諭一日收撫三十餘圩同治元年公又擊退圍城剴麥之撚匪李成七月又收撫東南等處仍單騎入撫父老感泣無亡失遺孽而東至蘆鹽驛路肅清十一月密遣守備丁永貴誅叛逆苗沛霖黨丁瀏臣等七八二年正月又剿西鄉先期接蒙城密函言有自賊圍逃出難民密報落刑遣劉添福詐降欲暗圖宿州公至臨渙徑以書視添福添福感激泣下西南各圩聞之望風歸誠公渡澮駐青町落刑率萬餘賊來攻公兵不滿千列陣迎擊大破之俄偕郎大軍至連殲巨寇賊勢蹙蒙亳各圩知悔者均赴公營泣投二月初四日西陽集李勤邦苗黨來衛公合暫勿薙髮可相機謀落刑次日勤邦密稟落刑至其圩公率輕騎兩時許馳八十里縛獻郎帥旋又授捕李成之祖母作招獲大炮時黃總鎮亦攻克孫町斬匪任復得宿州患平四月移帥北去劉山左教匪而苗賊復叛據懷遠再陷壽州圍攻蒙城敗捻自山東竄回者乘勢據高爐集雉河西陽一帶復叛宿之西南均震動而姚總鎮於收撫韓村後率兵回徐公復分兵命都司黃秉鈞助守蒙城總兵銜歐王標駐袁家樓自率孤軍守袁家集饟絀兵單患病又劇公力疾支拄東抵苗匪西拒捻卒使二逆不相連絡姚鎮復還而將軍富明阿總兵陳國瑞踵至軍聲稍振十月郎帥大兵至一戰而苗逆授首皖北皆安矣向使公因病退則苗逆勢合滋蔓縱橫兩淮盡動蒙宿又安望保全邪公盡心竭力不避艱險符離之民安淮南北之民咸安是公不特大有造於宿人實大有造於皖北之人也蒙城縣舉人葛潤衛撰

毛維翼四川人監生同治元年知壽州爲湘軍帥李續宜所委任初

朝廷以苗沛霖貳命續宜巡撫安徽續宜用維翼將湘軍五百人守壽續宜喪歸唐訓方代爲帥駐臨淮二年春沛霖叛大舉犯壽州三月鳳臺知縣蔡鍔至下蔡說沛霖降沛霖殺之投其尸於河時苗練號百萬中原大震親王僧格林沁總督曾國藩各遣將來援不得進六月壽州陷維翼與署鳳臺縣孔憲天死之維翼從續宜碌碌未有奇節及守壽練兵才五百人糧絕掘城內雜蔬充軍食獨死守七十六日不下蔣凝學以重金啗人夜挖小舟運米麥入城約堅持數日待師至而下蔡外委邱維城夜開城迎賊維翼巷戰死兩江忠義錄兩江總督曾國藩以維翼亮節孤忠疏請

賜卹追贈道員

施照字竹香浙江山陰人同治二年兩江總督曾國藩知其才敢有爲奏署壽州事甫下車即討苗逆黨羽督練復禽斬羣宄平圩繳械而亂以定在官五載積衆萬餘石儲豐備倉修學宮試院濬安豐塘惠政不可枚舉士民立祠祀之壽州志

蔡鍔貴州石阡拔貢用知縣官安徽署太湖望江爲士民所畏愛巡撫翁其才檄令任鳳臺縣事時粵逆稍戢淮上捻獨猖獗不可爬梳下蔡苗沛霖復首鼠懷貳志鍔至官威惠並著以至誠安反側沛霖畏而敬之鍔亦察沛霖且爲變巡撫文弱軍憊莫能制則傾心相結羈縻之同治二年沛霖大舉犯壽州道殺

頻上知縣濮煒巡撫機鍔說之鍔單騎遇諸塗沛霖大喜握手
若平生歡夜解衣就寢沛霖抑鬱叱左右縛鍔出鍔臨刑手執
戟神色不變（鳳臺志云巡撫檄鍔赴下蔡張貼散練告示鍔剴諭沛霖沛霖遣黨辛占大殺害之最慘）先是
鍔以沛霖故奪官至是曾國藩請復之優卹焉（兩江忠義錄）

孔憲天河南人任鳳臺典史同治二年署鳳臺知縣時苗逆復
叛城陷殉難（鳳臺志）

裴峻德字健庵山西進士同治三年知鳳臺縣兵亂甫定悉意
休養興學校崇節義清訟剔弊果斷廉明（鳳臺志）

王寅清字虎臣河南上蔡拔貢同治四年署鳳臺縣事節用愛
人勤於聽訟（鳳臺志）

楊式榮字子湘溧陽人副貢歷霍邱鳳臺績溪定遠南陵諸縣
釐積案撫孑遺所至有廉惠稱比歸不名一錢（溧陽續志）

陳際春字蘭圃湖北興國人同治八年知鳳臺縣勤政愛民寬
猛相濟請帑銀三千兩修焦岡湖水利後籌款償之（鳳臺志）

陸顯勳字樹臣浙江山陰人四知壽州復廣濟局以拯窮黎僉
辦旌案以彰苦節請帑修城以防水患督捕蝗蝻以安農業在
官勤練輿頌翕然（壽州采訪冊）

顏海颺字曉帆四川松潘廳人同治七年知壽州光緒元年署
鳳臺縣事有會匪餘黨謀不軌方糾聚古刹中海颺率練突入
禽其渠黨羽解散四境肅然（鳳臺志）

任蘭生江蘇震澤人由俊秀投効安徽軍營同治四年隨布政使英翰駐宿州國史館本傳捻逆平總防軍營務處兼綰淮北牙釐駐壽州累功至記名鹽運使安徽補用道加布政使銜牙釐者軍興以來資以爲協餉者也剔蠹懲奸無絲毫自利壽留苗久赤地新立蘭生爲策善後甚備未幾河南匪民李六等刼眾反上起固始下訖潁隱結聲援突攻藥家集焚其柵蘭生聞變立與壽春鎮總兵郭寶昌簡精銳馳兩晝夜遇賊一擊於蓮華菴再擊於妙高峯大破之而宿州餘匪曠同句結驍梟曆小猴繼起爲逆懷遠劉泰峰鳳臺胡致端同時響應皆不旋踵夷之無噍類曹允中公行狀光緒三年署鳳潁六泗道率屬興保甲嚴緝捕奸宄斂迹山西河南大饑流民相率入皖蘭生倡捐廉俸募振銀十餘萬設厰潁亳壽三處以兵法部勒之明年春資遣回籍全活無算臨淮故孔道各行省轉饟過境歲數十百萬率役西土壩官莊鋪民往往廢時蘭生給驢三十頭牛車五輛使備供應無事則聽民受雇取值別籌錢二千緡以其息佽之民得不困鳳潁道兼督鳳陽鈔關額徵外舊有辦公欵目以狀上巡撫汰十之二餘悉作興利之需四年當受代總督沈葆楨巡撫裕祿合疏留之裕祿復上蘭生治行爲安徽最五年授鳳潁六泗道鳳陽爲南北關鍵城故無池蘭生督防軍鑿池千四百餘丈築城之圮者千餘丈治鳳滁間驛路自臨淮至江蘇江浦袤二

百餘里成坦途洪澤湖多覆舟設救生船拯之沿淮要津造官
渡船以濟修復珠龍大通等橋梁數十處盱眙臨淮當水道衝
淮漲彌望無際帆檣夜泊有風濤險創開船塘各周百餘丈建
宿州靈璧定遠鳳陽諸驛賓館設因利局貧家得貸錢於官泊
生計設育嬰堂牛痘局以保赤子設歸藏局助殯葬以厚其終
設戒煙所誘不肖者以自新其綜理不遺類如此兵亂後水利
失修蘭生刊壽州人夏尚忠芍陂紀事民灼然知利病所在於
是籌費濬安豐塘經營各屬塘渠閘壩凡二十餘所蓄洩以時
旱潦有備復仿制江南水車教民戽水助灌溉創課桑局刊蠶
桑摘要購發桑秧募浙湖人教民育蠶繅絲開衣食之源郡故

有淮南書院前鳳潁道胡玉坦募白金二千有奇權子母為經
費蘭生益廓其規贏餘至萬餘緡購經史子集二百餘種令生
徒得寓院讀書靈璧書院廢為興復之鳳壽盱眙試院側各築
屋為赴試士子避雨所增置義塾使貧民子弟不失學士民大
悅八年署按察使九年大計卓異先是三年夏旱蝗蘭生飭屬
收捕因籌救荒之策創豐備倉積穀數千石又檄州縣各建倉
廒至是濱淮十四州縣大水亟檄屬吏便宜發倉粟並請款募
捐工振並舉無流亡者十二月回任仍筦牙釐十年內閣學士
周德潤劾蘭生盤踞利津營私肥己戶部尚書崇綺內閣學士
廖壽恒往按之以所劾皆不實惟留用革書屠幼亭知情徇隱

部議革職十三年鳳潁六泗紳士孫家懌等二百餘人臚列事
實公籌銀八千兩遵例報捐道員巡撫陳彝會同兩江總督曾
國荃入告得
旨準其捐復發往安徽是年河決鄭州安徽被水蘭生奉檄辦
皖北振撫十四年卒於潁州陳彝疏請優卹宣付史館立傳
贈內閣學士銜十五年陳彝復奏懇附祀英翰專祠
詔如所請國史館本傳
何慶釗字敬甫河南固始人廩貢生署壽州在官清勤長於聽
斷壽州采訪冊光緒三年知宿州宿經兵燹元氣蕩然慶釗濬溝洫
廣倉儲修學宮編志乘建古睢書院於常課外增試詩古文辭

先賢遺蹟如閔鄉灘口閔仲二子祠靡不興舉州當九省孔道
鑲車絡繹慶釗改民辦爲官捐歲省民錢萬餘緡獲巨匪席小
猴地方乂安山東河南災流民麕至慶釗百計措置賑粥施藥
必躬必親治宿十二年視民事如家事鄉邑利弊士類賢否無
纖悉不貫澈民有訟者肫肫誨之兩造輒涕泣去光緒十九年
兩江總督劉坤一安徽巡撫沈秉成學政吳魯會奏慶釗遺愛
在民請宣付史館立傳
詔如所請宿州采訪冊
王定安字鼎臣湖北東湖人由舉人從戎積功至道員在山西
爲巡撫曾國荃辦振籌銀數百萬活飢民六百萬人因事罷官

遣戍復起用　特旨授鳳潁六泗兵備道長於政治案無留
牘清釐關務稅課增加添練馬隊盜賊屏迹尤知人善任使愛
才士增書院經古課拔卹汝士熊仕尊等校讐書籍所著兩淮
鹽法志一百六十卷求闕齋弟子記三十卷湘軍記二十卷曾
子家語四卷俱行於世采訪冊